飛導遊。

六年級生與台北城的時空對話

Tapei Main Station
Taipower Building Station
NTU Hospital Station
Hsimen Station
Kungkuan Station
Hsin Peitou Station
Tapei City Hall Station
Nanking W.Rd. Station
Chungsiao Hsinsheng Station
Ta-An Station
Chientan Station

Kungkuan Station
Hsin Peitou Station
Tapei City Hall Station
Nanking W.Rd. Station
Chungsiao Hsinsheng Station
Ta-An Station
Chientan Station

張 維中

張維中作品7

飛導遊——六年級生與台北城的時空對話

作　　者　張維中
責任編輯　胡金倫
企劃編輯　紫石作坊

發 行 人　凃玉雲
出　　版　麥田出版
台北市信義路二段 213 號 11樓
電話：(02)2351-7776
傳真：(02)2351-9179、(02)2351-6320
發　　行　城邦文化事業股份有限公司
台北市愛國東路 100 號 1 樓
電話：(02)2396-5698　傳真：(02)2357-0954
郵撥帳號：18966004　城邦文化事業股份有限公司
網址：www.cite.com.tw
E-mail :service@cite.com.tw
香港發行所　城邦（香港）出版集團有限公司
香港北角英皇道 310 號雲華大廈 4 樓 504 室
電話：25086231　傳真：25789337
馬新發行所　城邦（馬新）出版集團有限公司
Cite (M) Sdn. Bhd. (458372 U)
11, Jalan 30D/146, Dese Tasik, Sungai Besi,
57000 Kuala Lumpur, Malaysia.
電話：603-90563833　傳真：603-90562833
E-mail : citekl@cite.com.tw
印　　刷　凌晨企業有限公司
一版一刷　2003 年1 月 20 日
定　　價　220元

ISBN　986-7782-49-6

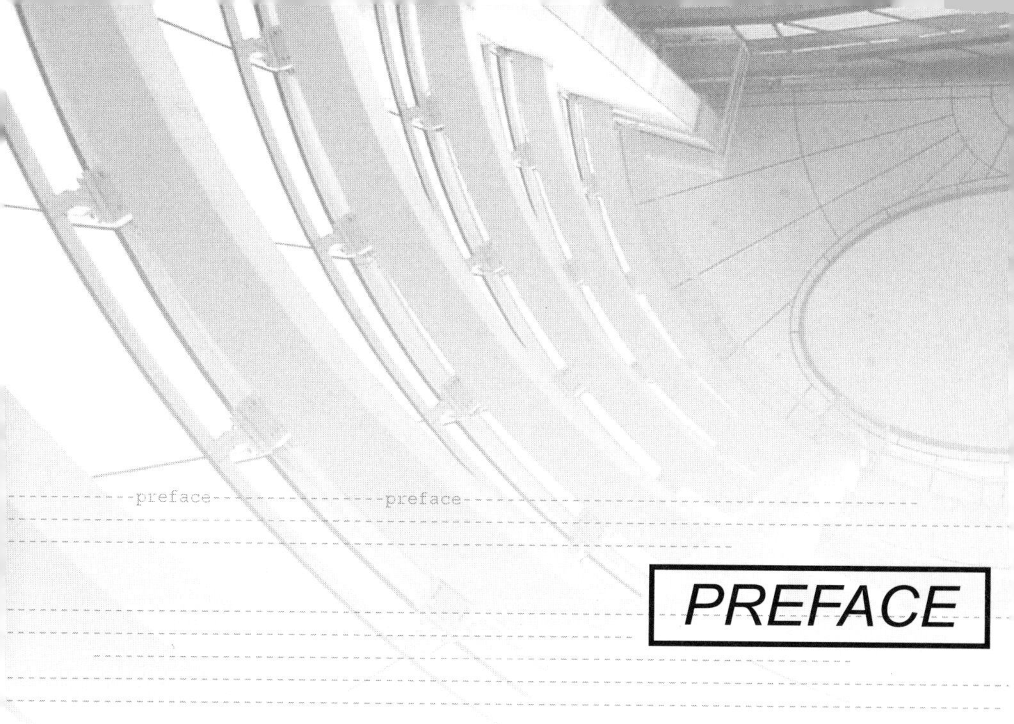

PREFACE

飛／非導遊

——城市書寫，輸血城市

最初，我只想記錄一些我生命裡特別的人事，後來，才發覺圍繞在我周遭的故事，其實與我所生活的這座城市有著密切的關係。

《飛導遊：六年級生與台北城的時空對話》一書，記載了我在台北所聽、所聞、所遇見的台北人的故事。他們或許因爲所處的環境而孕育出獨有的個性，或許因爲天生的性格而自然地被放置或被吸引在某個環境裡，無論如何，這些人的生命經歷都已經跟台北建構出了一種不可替代的「對話」，一種脣齒相依的親密互動性。一旦人抽離了，環境置換了，故事很可能就會消失，對話會產生差異，而命運也將隨之改變。

因爲社會和成長背景的不同，六年級生

的我（或者我們）與城市的時空對話往往最主要的內容，並不來自於國族歷史的憤慨及感懷，而是有著更多屬於青春成長、消費休閒的連結，一種回歸於私密的記憶。雖然記憶是個人的，但由於共同經驗使然，仍能綿織出相通的情緒。

然而，城市是會呼吸的。在一座有生命的城市裡，時間與空間永遠在迅捷地變形，時空裡的人事際遇自然也變化萬千，於是六年級生感受到擁有與失去，兩者之間的時差愈來愈接近，常常還沒來得及細細品嘗，就即將失去。面對未知的明天，許多人都漸漸暈染了鄉愁味十足的懷舊。

是的，鄉愁與懷舊不是四、五年級的專利，我們也有我們對待台北城的情感模式。即便是鄉愁的對象不同，但那就是這個時代屬於我們的城市對話。

倘若「書寫」是廣義的，那麼任何人皆可以用不同的型式下載專屬的城市檔案。我選擇用文字記錄我和台北城的對話。這本書

的「經線」是以我最常出沒的，或是最有意義的捷運路線作爲背景。我在這些動線上，發生了許多特別的人事；當然，這些人那些事就是構成本書的「緯線」了。經緯交錯的座標點，是每一個正在閱讀本書的你們。於是，城市在改變我們的生活，但我們也經由城市書寫和閱讀，爲一座城市（不只是台北）「輸血」進鮮活而豐富的故事，珍貴而不可替代的回憶。

《飛導遊》並「非」是一本導遊書，但透過文字中的敘述，它或許也是另一種型式的導遊。我期望我的文字，能夠陪伴這本書的讀者「飛」進自己的心底，導遊起自我對於生長環境的一場私密旅程。

寫於二○○二年十二月

台北捷運地下街Starbucks Coffee

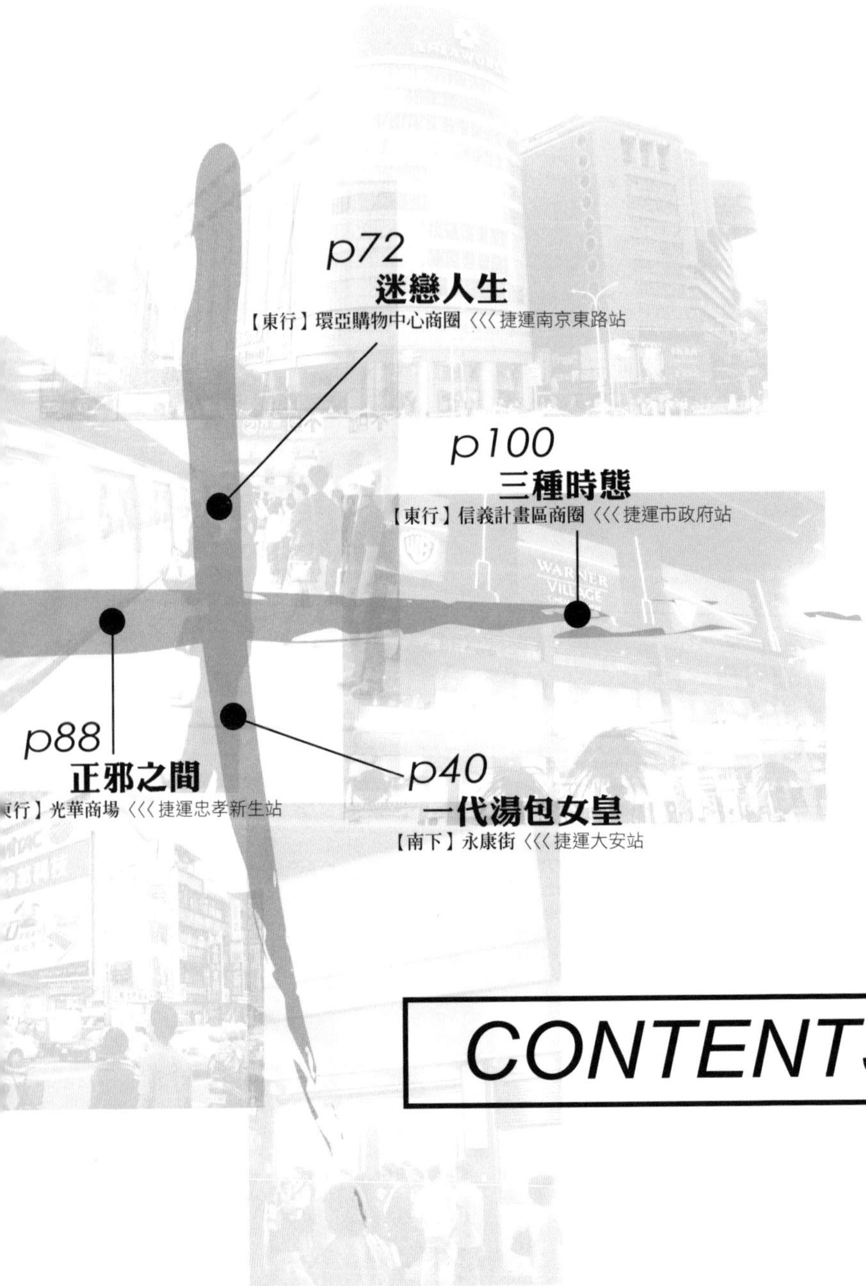

CONTENTS

s.com.tw
89北市工建廣字第000210號
4/19→5/26
姊姊妹妹逛
Pretty Pretty Day
5/13→5/26
8
誠品116
69

青春租借地。

【西進】西門町 ＜＜ 捷運西門町站

西門町總也不老。

作家白先勇在〈永遠的尹雪豔〉這篇小說裡，用「尹雪豔總也不老」這樣的句子當作故事的開場。因為作品經典，這句子也成為了令人印象深刻的佳句。

雖然白先勇的小說與西門町並沒有絕對的關係，但是當我試圖用一句話來定義西門町時，腦海裡浮現出的竟是這句話。

在我的感覺裡，若有一個地方總也不老的，那肯定就是西門町。

不老的原因來自於它同時摻雜了新鮮的時尚和陳舊的記憶。兩股勢力平衡而交雜著，讓人感覺所有新奇的東西，都有機會被流行成一種集體的歷史記錄；老的事物，舊到了極點也會有復古翻新的一天。

西門町是日據時代留下來的老地方，處於城裡開發較早的艋舺地區。鬧區裡許多商家店面並不高聳，其實都是兩、三層樓的老建築改裝而成，只是現在的霓虹廣告看板太過鮮麗了，使人忘記它的真面目。

我在西門町逛著，有時離開了主要的街市，遠離人車喧囂的時候，常常以為自己走進時光的隧道，來到另外一個地方。其實

・就像消失的日本Tokyu Hands，在西門町的一切或許都是短暫的。

只是隔著一兩條街而已，但在這裡的屋舍街巷，卻像是一群洗盡鉛華，脫下了絢爛衣裳的老人。流行已不再光臨，青春成了過去，使我甚至懷疑剛才走過的那些雜沓的人潮，日式美式韓式的異國風情，只是有如電影「神隱少女」裡，小女孩「千尋」走過的恍若海市蜃樓的鬼魅街景。一切，都變得不大真實了。

曾經有一段時日，因為台北東區商圈的興起，西門町頓時黯淡下來。

那時候，我大約剛進大學唸書，同學們常常在課程空堂間或者下課以後，去西門町逛街看電影。可是只要不是假日，西門町總是冷清清的沒有什麼人。若是恰好下雨了，霓虹燈光落在積水的地上，閃閃爍爍，映射到騎樓下幾個老伯伯的滄桑面容，更顯落寞蒼涼。

後來，西門徒步區的整體更新規劃完成了，捷運地鐵系統也通車了，再加上如誠品商場、錢櫃KTV、嘉年華和絕色影城、健身中心等新的商家，改建舊有的建築成為新的景象，西門町終於才漸漸活了過來。

這裡成為年輕人的享樂天堂，也是西門町老伯伯繼續流連忘返的地方。

在新舊交界的國度中，西門町彷彿永遠有無限的可能，在炫奇招牌所扮裝的老舊建築裡，住著新鮮的靈魂，並且總也不老。

西門町「七年級生」的特點

西門町被包圍在一個周遭並不新穎的區域裡，兀自閃亮成流行的焦點，總讓我以為它很像是一處從其中被租借出來的地方。

老舊的地方租借給年輕人遊樂的所

在，或許可以稱做「青春租借地」吧。

像是往昔的香港和上海，因為租借的緣故卻反而繁華起來，界裡界外彷彿變成兩個世界。

我得承認，我是非常喜歡這塊「青春租借地」的。

雖然我已經是一個「後青春期」的二十六歲男人了，但我仍鍾愛並且很頻繁地走進這個大多數聚集著「十歲以上，二十未滿」的國度。所幸自己的長相和穿著還不算老成，混在這群「七年級生」（民國七十年以後出生）之中，並不會顯得特別突兀。

西門町裡源源不絕的新鮮活力，豐富的流行資訊，販賣各式各樣有趣商品的店家，以及打扮得很有個性的男男女女，都是吸引我目光的焦點。

・西門町有許多二樓理髮院。

有時候，我走過這些十七、八歲少男少女身邊時，看著他們穿著好看的衣服，頂著充滿設計感的髮型，堆著燦爛的笑靨，不免開始會回想起我在這個年紀的時候，又過著什麼樣的生活呢？

・我喜歡坐在這間羅多倫咖啡靠窗的位子，可以高高在上觀察路人。

高中時代，因為三年都住在遠離市中心的學校裡，每逢週末放假時還要趕場補習，所以沒來過幾次西門町吧。課業壓力龐大的我，除了逛逛補習班附近的唱片行，買買流行音樂CD以外，幾乎就跟流行嚴重脫節。

常有人說，倘若一個大人特別喜歡玩偶，那麼他／她可能是童年缺乏這部份的滿足。因此我有時想，每當我流連在西門町裡，因為一件好看的衣服或飾品而在心裡凝聚起想要擁有的衝動時，大概也反應了我的那段高中時期，對於流行事物的欲求不滿吧。

只是，這往往變成了一種消費的藉口。

當我站在某個很喜歡、很想要擁有的東西前猶豫不決時，就是一場理性和衝動的拔河。最後，當我還是忍不住掏腰包的時候，我只好安慰自己：

「嘿！張維中，別介意了！你現在所買的東西，有很大一部份，應該算是高中時期的quota（配額）嘛。」

是的，我只不過晚了幾年付款提貨而已。這麼想的當下，果然就安心多了啊！

（這種邏輯，是不是該打上「危險動作，請勿模仿」呢？）

說到底，我或許是戀物的，但實在也

・誠品116前的廣場，是地鐵站的出口，也是青春年華的入口。

・站著食用「阿宗麵線」的西門町特殊景觀。

不是那種揮霍的人。

至少比起「貝克漢」這個標準「七年級生」來說，我的作為實在完全拿不出檯面。我認識的貝克漢，當然不是炙手可熱的英國足球明星。他是我在西門町慣常剪髮的店裡，一個幫我洗髮和吹風的男孩子。貝克漢當然也不是他的本名，只是他剪了一頭相同的髮型，並且用這個名字當作暱稱。網路上和日常生活中，他和朋友們都這麼稱呼自己，彷彿已經沒有了中文姓名。

「那有什麼？」貝克漢告訴我：「我很多朋友認識兩、三年了，大家也只知道他們叫『芋頭』、『死狗』，連個人名都不像。至少貝克漢還是個人名吧。而且，知道叫什麼本名，有那麼重要嗎？」

看來貝克漢很驕傲這個名字。他說，很多人都去剪了貝克漢的髮型，可是很少有人像他這麼好看的。

他說，畢竟這種髮型，毫釐之差，就會變成網路歌神「甜蕉龍」了。

因為還很年輕，所以貝克漢目前只能在店裡當學徒。當髮型設計師不在的時候，他必須負責吹洗頭髮，等到髮型設計師出現時，他便只能站在一旁觀摩。

貝克漢並不像足球明星那麼粗獷，但身高幾乎可以比擬，是個挺清秀的男孩。就像其他出現在西

・玫瑰唱片前的廣場，是舉辦歌友會的熱門場地。

・西門町的刺青街，烙印一個時代的流行。

門町裡的年輕孩子一樣，他們或許沒有小我多少歲，但是平均身高已經演化得愈來愈高了。每每我從鏡子看見專心的貝克漢時，果然覺得他像是一個變成了守門員的貝克漢足球明星。

於是，我從他的身上又感覺到了西門町年輕孩子的特點之一，那就是他們的穿著打扮與神情，都很具有明星或是模特兒的架式。更重要的是，他們都有一張上像的臉龐。並不是說長得多麼好看，而是他們的臉龐進化得愈來愈細小了。正是所謂的瓜子臉吧，有著上鏡頭的優秀條件。

與我同年齡的朋友常跟我開玩笑，說我們即使穿著打扮跟這些十幾歲的孩子相同，但是一走進人群裡，就立刻能分辨出來誰是六年級生，而誰又是七年級生了。臉的平面面積，就是分辨的關鍵點。

我有幾個三十歲以上，並且個性很不服輸的朋友，還替他們口中的這些穿著垮褲的小鬼頭取了一個通稱，叫做「小臉鬼」。我聽了啼笑皆非。

其實，我挺喜歡走在西門町裡欣賞這些青春的女孩和男孩。我們這些「六年級生」倒也不必妄自菲薄。畢竟誰都會老的啊，因為在這塊青春租借地上，青春是借來的。當青春歸還給歲月的時候，怎麼樣讓內心仍然不老，或許就該從西門町開始培養起來吧。二、三十歲的人好奇十幾歲的孩子、羨慕他們的青春活力，實際上，他們同時也很憧憬我們的生活。

我想起貝克漢曾問我懂得多少網路「線上遊戲」，我尷尬地搖頭說不是很了解。我原來以為他會很不可思議，沒想到他卻發出少有的感慨：

「我放學和下班，就是往網咖跑，打連線遊戲。有一次放假連打了十幾個小時，出來的時候看見太陽，居然差一點要吐了。像你這樣真不錯！不上網咖，還知道自己想作什麼。」

一個店舖，一種夢想

雖然貝克漢這麼說，但是我想他只是謙虛而已。在我眼裡，他仍是一個很有夢想與目標的孩子。至少，待在髮型店裡學習，暫時作一個髮型設計師和顧客之間的守門員，不就是他在線上遊戲以外，正在努力的事情嗎？

所謂的夢想和成功，其實可能只是一件對別人來說很微小，但對自己而言很重要的事情。我喜歡逛西門町的另一個原因，是這裡永遠都有著專注著自己喜歡的事情的人們。擁有一間自己的店舖，或者在自己喜歡的店裡快樂地做事，我認為就是一種夢想的實現吧。

．西門新宿，一個店舖，一種夢想。

我常去逛西門町裡的「西門新宿」大樓。這裡的店舖都是一間間由個人經營的小店面，面積可能只有一兩坪而已。麻雀雖小，五臟俱全，整棟大樓組合起來的店面，販售的東西是很琳瑯滿目的。他們所賣的物品都是自己從日本、香港或是美國帶回來的東西。在這裡買衣服、買物件，很可以避免與人「撞衫」或是變成穿「制服」的尷尬。因為賣著自己喜歡的東西，又可以佈置設計小小的自我空間，每個老闆都很投入工作。尤其是年輕一點的老闆，可能更加珍惜這得來不易的機會吧，面對顧客的態度都很客氣。倘若遇見有相同喜好的客人，雙方針對商品以及商品來源地，還會進行一番熱絡的交流和討論。

像這樣的「個體戶」小店在西門町裡不勝枚舉。一些仿照東京原宿和涉谷街道的二手服飾店和首飾店，或甚至是刺青街裡的紋身攤子，那些身在其中的店員和老闆，散

・西門新宿樓梯間的咖啡館，很有異國風情。

發出一股「專心地經營某件事」的態度，常常令我感動。

有一個週末下午，穿越過刺青街時，忽然被一個男孩子喚住。

我轉身尋找，才發現是坐在刺青店裡一張板凳上的貝克漢。

他捲起袖子露出臂膀，我看見他正紋好了一只刻有貝克漢英文的足球。足球下面還有一行小字「Love Ice」。愛冰？這是什麼意思呢？

「屌吧！」他笑著說。

「你應該紋一台PS2遊戲機的嘛，你天天打的是電動，又不是足球。」

「我跟人家連線，也是常玩足球的呀！」他解釋。

我告訴他我要去西門新宿，他很興奮地說他也要去那裡找女朋友。

「我女朋友在一間小店裡上班。賣包包的。以後，等我們兩個賺錢賺夠了，她的老闆不想做的時候，我們打算把店面給頂下來

吧！」他臉上顯得驕傲。

於是，我們一同去了西門新宿，也順道讓貝克漢帶我去見了他的女朋友。

他的女朋友叫做「挫冰」。我於是明白了貝克漢手上紋的英文字的意義。

我當然很識相地沒有問她姓什麼。有暱稱就夠了。我們互相打完招呼以後，女孩忽然把店裡的燈給關了。

「打烊了？」我驚訝地問。當時才下午四點，人潮正旺。

他們一對情侶拿出兩個滑板。

「兩個小時暫時不做，沒關係啦！我們一個禮拜沒滑板了耶！」貝克漢說。

「這麼隨興？」我笑著問。

「嗯。」他邀請我：「一起來看看吧！」

·絕色影城前總坐滿年輕的孩子，我很想和他們一起等，或許能等到什麼。

反正我沒有特別要做的事情，就跟他們一起走了。

·絕色影城提供了好萊塢電影之外的選擇，我喜歡來這裡看電影。

廣場拼盤

西門町裡沒有一個專門給人滑板的地方，不知道從何時開始，峨眉停車場旁，新落成的台北市中醫診所與性病防治所樓下一個小小的廣場，就變成了年輕人聚集滑板的所在。廣場旁有階梯式的石椅，許多路人都會坐在這裡休息，看滑板少年和少女們的表演。

女生玩滑板的並不多，因此貝克漢的女朋友備受矚目，也很受到其他滑板少年們的照顧。我買了一杯飲料，坐在石階上看著陽光下的他們盡情揮汗滑板，在空中旋轉，摔倒了又爬起來，覺得心情變得很好。他們是充滿表演慾，並且不怕出糗的，每次有人給予掌聲時，他們會大方地鞠躬接受。

我抬頭注意到大樓上掛著「性病防治所」，再低頭看著廣場裡滑板的弟弟和妹妹，有一種很奇怪的感覺。難道我們沒有更好的場地了嗎？

·中醫診所與性病防治所前的廣場，變成年輕人聚集滑板的所在。

重新規劃後的西門町，在街道的交叉口之間，設計出了許多的小廣場，提供給歌手辦街頭的簽唱活動。只是先天不足的原因，這些廣場都小得很，人潮一聚集，根本水泄不通，旁邊的店家都忍不住拉布條抗議。

地段最好的廣場，是位於捷運站出口「誠品116」前的地方。這塊地和大樓上的電視牆都屬中影公司所有，據說現在國片不景氣，中影每年支撐運作的收入來源，其中很重要的一部分，就是來自於這兩塊小小的面積，提供給人辦活動而得來的租金。另外像是玫瑰唱片行樓下的廣場，屈臣氏前的廣場，獅子林大樓旁的廣場，都是辦活動的熱門地點。週末假日，這裡永遠都有不同的活動。

·滑著滑著，便滑到了街上來。

還有一個地方是在絕色影城樓下，也就是California健身中心前。這裡比較特別，因為沒有舉辦活動的時候，許多年輕朋友都喜歡在這裡坐成一排聊天或是等朋友。從他們的身後看來，算是很特別的街頭風景。

其中，只有性病防治所前的小廣場，是被人拿來溜滑板的。

可惜西門町沒有任何一個地方，具備優秀的廣場條件。

不久，貝克漢氣喘呼呼的坐到我旁邊來。他看見我注意這棟大樓便說：

「你看見廣場角落裡的那個男生嗎？」

我點頭。是一個大約十九歲的男孩吧。

·喜歡滑板的年輕人會滑進對面的誠品書店裡看書嗎？

「他在『性病防治所』下面滑板，有一次不小心還滑進去了咧！」

「跌倒了？」我問。

「不是！他一天到晚『把美眉』上床，有一次出了狀況，『那裡』直發癢，以為自己得到性病，只好被我們拱進醫院裡看病啊！還好沒什麼大問題，搽搽藥就痊癒了。只是啊，從此變成我們的笑柄。說他滑著滑著，真的滑進去了。」

我忍不住失笑。

「你也小心點！」我提醒他。

他露出那塊不久前才紋好的刺青，點頭對我說：

「放心，我是很好的守門員！」

可是，貝克漢告訴我的故事，讓我突然

·有許多人都坐在台階上觀看滑板的孩子。

發覺，無論是對年輕人還是年邁的老人來說，關於「性」這檔事，似乎也跟西門町脫離不了關係。

紅包袋裡的滾滾紅塵

西門町裡常有所謂的怪叔叔和怪阿姨，這是台北人家所皆知的。

這些叔叔和阿姨，其實大多是六十歲以上的年紀了。他們經常遊蕩在西門町裡，好像沒有目標似的，有一些其實並不怪，但有些看來是真的怪。

．滾滾紅塵紅包場。

不怪的老伯伯，常會聚集在街頭的椅子上聊天，有時會一同下棋，或是到老飯館裡聚餐吃飯；而怪怪的老伯伯，常會跟一些看起來也怪怪的阿姨走在一起。他們以前都聚集在中影大樓樓下的麥當勞裡，成群結隊的，圍著看來打扮很風塵味的女子，然後一杯紅茶可以坐上一整天。過去我常跟人開玩笑問：「台北最老的麥當勞在哪裡？」答案就是西門町圓環旁的麥當勞，因為總是聚集著最多的老人。其實老人家去麥當勞是很正常的，並不足為奇，但是之所以會說他們怪怪的，是因為有許多落單的年輕女生，常抱怨老伯伯會吃她們的豆腐，或對她們說一些不正經的，充滿性挑逗的言辭話語。直到現在，據說還有一些老伯伯，會趁著週末在廣場上辦演唱活動時，湊進人群裡，目的不是為了台上的歌手，而是貼近小妹妹。

．西門町總也不老，昔日的中國戲院，如今搖身一變成為新鮮的大頭貼。

・西門町Starbucks的絕景角度，從這個窗口可以望見對面的紅包場。

後來中影大樓一樓的麥當勞拆掉了，我立刻想到的竟是那群老人該何去何從？原來的麥當勞改建到了二樓，規模小了許多，大約地點對老人來說不方便吧，店裡只剩下時下的年輕男女。如今，我走在西門町裡，看見老人聚集的地方不多了，讓我更加懷疑一夜之間，麥當勞不見了，老人又到哪裡了呢？

或許有一些積蓄的，就來到紅包場歌廳了吧。

西門町裡有兩間著名的紅包場歌廳。其中一間老亮著「星星知我心」金鐘獎最佳女主角吳靜嫻小姐；另一間靠近California健身中心的，常年招牌上所主打的紅牌是李玉華小姐。這兩位女士都跟我或遠或近有些關係，所以我記得特別牢。前者是小時候家人

·「最老的麥當勞」拆除了，老人們何去何從？

愛看的連續劇女主角；後者則是因為大學時代的語音學老師，竟跟她有著一模一樣的名字。

西門町的一個絕景角度，就是坐到California健身中心斜對面的Starbucks Coffee，然後從二樓靠窗的位子往對面看去。對面的紅包場歌廳裡炫彩閃爍的綠紅燈光，舞台上穿著亮晶晶禮服的女歌手，都可以盡入眼簾。我們這裡啜飲著咖啡，他們那裡喝著茶酒；我們這邊聽著爵士音樂，他們那裡聽著國語老歌。

這又是西門町裡，一處新舊矛盾的有趣所在了。這種大家都各有去處，相安無事的生活空間，可能也只有這裡才辦得到了。

幾個星期後的某個週五夜晚，我又去了那間髮型設計店理髮。

貝克漢已經離職了。

這是我不大喜歡去髮型店的原因。跟洗髮的服務生和剪髮的設計師要不是冷場得無話可說，要不就是相識了以後，有一天他們便可能像貝克漢一樣消失。因為還不夠熟的緣故，我們不會留下聯絡方式，於是在茫茫人海的大城裡，彼此再不會見面。那些發

·西門町炫奇的街景，真面目其實都是上了年紀的樓房。

生的，彷彿從來沒有存在過。

我還是剪髮了。回家時經過一間跳舞機攤位前，我看見貝克漢的女朋友。

她不滑板了，此刻正瘋狂地跳著Para-Para舞。音樂結束了，她一轉身看見我，我正想上前和她打招呼時，有個男孩忽然跑上前，熱情地擁住她。

那人不是貝克漢。女孩靠在男孩的肩膀上微微地對我點頭，我只好也對她笑笑，但是沒有多說什麼就離開了。

‧貝克漢的女友從這裡跳出另一段人生。

西門町總也不老。

在這塊青春租借地上，一切的出借和歸還也是很自然的吧，包括愛情。我想起貝克漢曾說過他和女友的夢想，不免有些難過。

不知道貝克漢帶著他手臂上的足球走到了哪裡？他還會留著那行「Love Ice」嗎？希望他未來仍能找到新的願望，並且沒有失去堅持的勇氣。就算常泡在網咖裡，他也可以找到自己的夢想，一腳猛踢，射門得分。

他不只應該是很好的守門員，相信也會是優秀的前鋒。

100
100

黑白色地帶。

【西進】城中市場《《捷運台大醫院站

就像有人說夢中的景致是黑白色的，有些地方對於我而言正如同夢境，不能解釋的，總在回想起來時，腦海裡便會停格出一張又一張的黑白照片。

那些照片裡的場景是我自稱的「黑白色地帶」，在這個地帶中即使人潮喧囂，我卻永遠能感覺到流光正緩慢而寧靜地潺潺逝去。如同黑白照片裡，總呈現出沉穩而靜謐的優美質感。

我喜歡這種氛圍，它讓我覺得安心，像身體躲進了一件懷舊的風衣，把自己溫柔地包裹起來。記憶，讓自己不再受寒。

前幾天，當一位正興起學習拍照的朋友自遠方而來，問了我台北哪個地方最適合練習黑白攝影時，我立刻與他分享了存於我心中的這處「黑白色地帶」。我告訴他，在繁華的台北城裡至少有一個地方，是我私藏的「黑白色地帶」，那是被博愛路、重慶南路與沅陵街給擁抱起來的城中市場商圈。

帶我去吧，朋友央求。我欣然答應，說選一個好天氣，我帶他去拍照。

然而，跟友人提起以後，我忽然升起了背叛他的意念。

・城中市場的入口。

並非不想帶他去了，而是我發現其實自己也很久都沒有去過那裡。而一個那麼黑白意境的浪漫所在，很適合隻身遊蕩吧？

於是，我決定在領他去以前，自己，一個人先去晃晃。

孩子衣服的大本營，媽媽的快樂天堂

不像現在，我總是從城中市場的周圍走過、繞過、穿越過，鮮少專程是為了來到這裡而來。小時候，我是經常和母親來到這裡的。印象中，總覺得許多生活裡的必需品，無論是小孩穿的或是爸媽用的，都可以在此一網打盡。城中市場原來是一個好神奇的地方，要什麼都有。幼年的我，透過一雙小小的純真的眼，就這麼神聖地看待著這裡。

純真的眼睛，在逢年過節時分卻顯得茫然。因為媽媽在我的孩童時代，很喜歡帶我來這裡買衣服，尤其是過年添購新裝的時候。可是替小孩子買衣服，其實根本等於大人在買自己喜歡的。小孩子哪懂得什麼穿衣哲學呢？往往試穿個兩三件就開始不耐煩了，最後常常是佇立在原地變成衣架一樣任大人擺佈，還會擺上一張臭臉，一直問，好了沒呀？所以，我總在逢年過節時，在一件又一件的衣服面前，變得眼花撩亂，對前途（前方回家的路途）感到十分茫然。

市場裡有好幾間販賣童裝的商店，但多數是小店家，或者根本沒有店面，只是借人的騎樓來擺設的流動攤位，把衣服成堆地疊在木板上販賣。人潮擁擠時，不但小孩與媽媽們在衣堆之間亂成一團，連老闆都會有「脫線」的演出。有一回媽替我挑選外套，試了好幾件都不合適，老闆眼看媽就要帶我離開了，趕緊使出留客拖延戰術，隨手拿起一件衣堆上的外套就說：「這件試試看嘛！很不錯，小朋友一定適合的！」只見我媽不急不徐地回答：「老闆，當然不錯，這件衣服本來就是我兒子的。他要試穿才脫下來放這兒的好不好！」老闆當場一陣苦笑，只好誇讚我的外套比他賣的還好看哩。

雖然市場裡有很多選擇，但大多時分，媽卻是帶我來到市場外也就是博愛路上的商家選購新衣。在博愛路公車站牌停靠的地方，有一間現在已不存在的名為「宏大」的童裝店，是媽和我最常光顧之處。記得每當我試穿到失去性子時，媽媽總會說：「你要有點耐心試穿吶，這裡的衣服不便宜，不要買回去了又不能穿，可惜了。雖然貴一點，但穿起來真的比較好。」

・博愛路的商店都變了，以前媽媽都帶我來這兒買童裝。

如今，我必須自掏腰包買衣服，並且開始奇怪世界上怎麼總有許多好看卻買不起也買不盡的衣物時，才終於明白小時候那種無憂無慮的好日子真夠奢侈。領悟永遠來得非常遲，媽媽替我付賬購衣，要我試穿，當時我竟然還覺得那些衣服跟我一點關係也沒有。

・媽媽們的購物天堂。

記憶裡城中市場總擠滿了人，小攤子比

鄰著，喊價聲與叫賣聲此起彼落，熱鬧滾滾。當然除了小孩子的童裝以外，大部份的攤位還是賣媽媽這個年齡層的衣服。大約是中年以上的家庭婦女，才會來這兒挑選衣服。沒有名牌，不是頂尖流行的設計款式，但媽媽們總能從其中翻出實用的、耐穿的、經濟實惠的衣裳。

・拿起來比一比，特價品是不能更換的。

媽媽們嫻熟菜市場的殺價與具備挑選新鮮魚肉的能力，於是，面對成堆的衣服時也發揮了這方面的功力。看準目標，伸手，翻出最合適自己的衣服，開始比對身材，問價錢，考慮，殺價，沉默，再考慮，再殺價。我每回站在媽媽旁邊，聽著她與老闆之間的對話，幾乎認定她是一個心理談判高手。如果，以上的步驟均無奏效，媽便會祭出私房絕招。她會向老闆問最後一次：「老闆，好不好，你算ＸＸ錢，我就跟你買了啦。」這時，老闆仍鐵面無私的話，媽就會拉起我的小手，故作毫不留情貌，緩緩轉身準備離開，顯露出再也不想買的表情。不過，這些都只是假動作罷了，所以不能離開得太快，目的是為了等到老闆叫住她：「好啦太太，妳剛剛說多少？就賠本賣給妳了啦！」然後，媽媽就會「勉強」回頭，交易才終於滿意成交。

我的「黑白色地帶」，原來是媽媽們的快樂天堂。如今我常想，這些很市井小民的

・當兒女在買CK的內褲時，說不定媽媽就在城中市場買28元的內褲。

生活剪影，你來我往的表情，若是能特寫出一張張黑白色調的衆生臉譜，肯定就是一本最精彩的攝影集子了。

讓世界變得如此真實的豆花

再次走進久違的城中市場，想當然許多風貌皆已不復以往。城隍廟斜對面巷口的豆花攤子還是在的，只不過從前是位於市場的中間地段。那時候，媽媽若在豆花推車附近看衣服，我就會先到這兒吃起豆花來。這裡賣的手工豆花，含進口中便立刻能嘗到香濃綿密的磨豆口感。當一片豆花陷落在舌齒之間時，竟然會升起一種「這個世界如此真實」的滿足感。

・城中市場裡我最愛的豆花鋪子。

當然，一碗好的豆花最關鍵的莫過於它的糖水。特別熬煮的糖水顏色偏暗，是濃稠的，並且很具有傳統的甜味，永遠都是熱呼呼的被注入豆花裡。所以，如果要吃冰豆花，就得加入碎冰來降溫。一匙豆花，同時入口沁涼的碎冰與甜熱的糖水，真是特殊的風味。

既然說到吃的，可不能不提也是在城隍廟對面的「明星」西點和「排骨大王」。和豆花攤一樣，這兩間歷史老店也很有資格被拍攝成黑白寫真好好收藏。我與它們的情感說起來並不深，是在長大了開始閱讀與創作以後，才由文學作品裡建立起間接的關係。原來作家白先勇在大學時代創

・中山堂旁號稱數百種口味的冰店「雪王」有自信地寫著「台灣的月亮最大最圓」。

·老詩人周夢蝶曾在排骨大王的騎樓裡販售詩集。

辦《現代文學》，便是和一群文友（後來也都成為重要的作家）在當時還有二樓咖啡座的「明星」聚會。另一位老作家周夢蝶，昔日都會在「排骨大王」的騎樓裡擺攤子賣自己的書。據說後來餐廳老闆，看見他每天都要這麼辛苦打包一大堆書往返，便好心地邀請他，乾脆把書全寄放到他店裡。於是，以後每天當餐廳開始營業時，也是周夢蝶從餐廳取書設攤的時候。

我來不及趕上這個年代，只好抱著朝聖的心情前往。買傳統的西點蛋糕，吃一碗香噴噴的排骨飯，嘗嘗舊時代裡人事的況味。島內政經景氣低迷，許多人都說最好的時代已經過去。我吃起這些老店的東西時，不免遙想當年曾在咖啡館裡懷抱夢想的年輕人，如何在艱困的環境中實踐理想？一個台灣，兩個年代，或是起飛或是沉淪，當年的他們與今日的我們，面對的竟都是一個未知的明天。

黑白鍵裡的成長樂章

小學時代，我開始學習鋼琴，一直到國中前期結束為止，每星期媽媽都會固定陪我去博愛路與衡陽路口的「功學社」上課。我在師生一對一的音樂教室裡彈琴，媽媽便去城中市場閒逛，一個小時之後再與我碰面。

練琴，原來該是一件愉快的事，然而當學校的課業愈來愈重，我的彈琴能力停滯不前，以及鋼琴老師的求好心切之下，每一次我來到這裡，就彷彿來到心情的高壓中心。鋼琴的黑

·昔日曾是白先勇等文藝青年聚集的明星咖啡館。

白鍵，就是我當時的「黑白色地帶」，怎麼也離不開。生活，在種種的壓力下，真的變成一張失去色調的照片。記得我和媽媽總會在上課前到附近的一間「唯王餐廳」裡用晚餐，雖然吃的都是我喜歡的港式餐點，情緒卻與日俱增地低落。後來，學琴的日子告終；後來，「唯王」不知道什麼時候被拆除了；再後來，我開始展開忙碌的求學生活。好像就是從這個時候開始，我和媽媽兩個人經常一起走進城中市場的機會就減少了。

一晃眼，幾年過去，我察覺許多商家仍然存在著，但是更多的東西如今想要拍照留念卻不成了。它們，早已消失在這個世界上。

·市場外的世運麵包，我從小吃到大。

遠來的朋友和我約在仍屹立不搖的「功學社」前見面。我答應帶他來我的「黑白色地帶」拍照。朋友說，嘴饞了，先吃點東西再去吧。好呀，我說，那麼我就帶你去一間很棒的豆花攤子囉。

離開「功學社」走向城中市場前，音樂教室的電動門忽然開啓，我聽見一個十來歲的小男孩正在彈奏一首曲子。我立刻想起那首曲子，是我十多年前某一場鋼琴發表會上的表演曲。我仔細聽著，卻突然懷疑，我真的曾經會彈奏它嗎？那些音符轉換得竟是如此複雜啊，而我居然在當時全部背了起來，在那麼多人面前流利地彈奏，最後還贏得了眾人的掌聲。我忍不住又回頭遠望著音樂教室，感覺自己的雙眼又變得純真而神聖起來，就像小時候那樣。

·我以前就是來這間博愛路的YAMAHA學鋼琴。

fnac
SHIN YEH
館前路
GuanQian Rd.
雲門
FUTURE
CENTER
02-23830700

地底的巡邏鴿。

【西進】台北車站商圈 <<<捷運台北車站

「人類的可憎我再清楚不過了，他們使這世界充滿了仇殺……我有意要毀滅他們……我要使洪水氾濫全世界……」

我一直對《聖經》的「創世紀」當中這篇〈諾亞方舟〉印象深刻，內容大約是說到上帝看見人類在精神上的腐朽與淪喪，忍痛用滾滾洪流沖刷世界，好讓人們記取教訓。

是怎麼樣的大水才能將一座城，一片遼闊的土地給淹沒呢？我在文字的閱讀中，幻想這畫面肯定是非常悲壯而蒼涼的。

廿一世紀的第一個夏天，一場颱風使台北人身歷其境了〈諾亞方舟〉的相似場景。大雨滂沱中，所有的抽水站皆告陣亡，三分之二的台北城成為了水鄉澤國。那些首善之區裡最重要最繁華最具交通樞紐的街道據點，全泡湯了。因為淹水，許多商業區大樓地下室發電機受損，完全癱瘓。更不可思議的是，象徵這座城市現代國際化的捷運地鐵系統，竟然也難逃一劫，兩條地下幹線浸泡在泥澤裡，舉起白旗宣布投降。

電視新聞上，連續好幾天都刊登台北大街泥水滾滾的畫面，當然也不可能放過地

・2001年9月納莉颱風過後封閉的台北捷運車站。

下捷運車站被水淹沒的慘狀。有一張照片是幾個站務人員擠在捷運的地上建築頂端，下面已是汪洋一片，他們為了搶救設備而被困在那兒等待救援；另一張照片也是幾個工作人員，坐在地下車站的樓梯邊，無奈地低頭看著電車軌道和月台都浸泡在汙濁的泥水裡。然而，最聳動的不是這樣的照片，而是照片旁的報紙標題。粗黑斗大的字體，彷彿都矗立起來了，以一種蒼涼至極的姿勢在紙上宣告「台北繁華如夢逝水流」或者「捷運損失慘重難修復」。

那天夜裡，我想暫時放下沉重的情緒，於是移開報紙和新聞報導，將電視頻道轉到輕鬆的畫面，結果，電視裡正巧播放「五月天」的歌曲「人生海海」。

人生海海，海海人生。怎麼知道這首歌，聽著聽著竟然就成真了。誰也沒料到不過是一個颱風而已嘛，台北居然就被大水給淹沒了。許多人家產盡失，果然海海人生，怎麼不教人感到生命充滿無奈與變數呢？

颱風肆虐台北的那幾天，我湊巧人不在台北，窩在鄉間裡，就僅能憑藉著這些傳媒，獲知我生活的這座城市，當下的淒

・曾經門庭若市的地下街誠品，水災後暫停營業，損失慘重。

風慘雨。那時我雖然詫異與擔憂，但坦白說，可能因為距離或是萬事混亂的緣故，一種「看新聞」的心態仍在我的心中佔了較大的成份。

重返災後現場：上班族的夢魘

直到我重新回到「災後」的台北，以為能繼續按照著颱風來襲前的作息來生活時，才猛然真切地領悟，我可不是在「看新聞」。我是必須跟這些「新聞現場」朝夕共處的。我首先面臨的最大的問題與考驗，就是台北捷運的停擺。自從捷運開通以後，從家門到捷運站不須三分鐘，我的城市交通史便徹底改寫。多年的機車捨棄了，捷運的地圖就是我活動的範圍，即使約會的地方必須搭公車也一定選擇捷運可以轉乘的幹線。

·新生的希望。

本商場訂於
10月6日
正常營運
誠品捷運店 敬啓

我上班的地點仍可以由古亭站轉車到公館站，恰好是兩條區間線勉強能行駛的路段，是不幸中的大幸。但班距時間拉大，控車時程的電腦又暫停使用，我常常下了月台不巧正看著列車離站，於是就必須花二十分鐘，等待那唯一的一班電車，駛向終站再調頭回來。但我可是抱著感恩的心的，一點也不敢抱怨，因為有其他百萬人次的旅客，全回流到地面上來，他們完全無法搭捷運，只能重回公車族行列，花上比平常多出兩三倍的時間上下班，馬路成了折磨台北人的夢魘。

·大水退盡，留下佈滿黃泥的手扶梯，令人觸目驚心。

．車站重新開張後，捷運局立下917水災淹水高度。

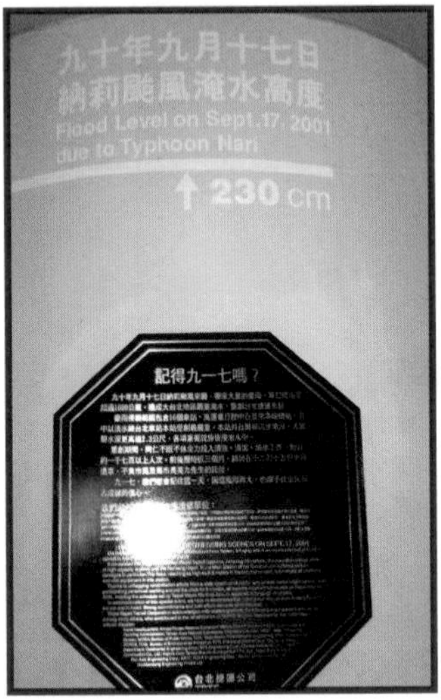

幾條重要的捷運線路忽然停駛，甚至宣布板南線半年後才能修復，讓我的生活行動力頓時被砍手砍腳。失智的老人出門認不得路，我是認得路卻恐懼出門。在「洗溫泉」的捷運站當中（捷運都「泡湯」了嘛），我感觸最深的就屬台北車站了。昔日出沒最頻繁的台北車站三越百貨商圈與捷運地下街，在沒了捷運，而我又不想坐公車來「殺時間」之下，變成遙不可及的他鄉。

自從地下街開通後，三越百貨旁的天橋都拆除了，斑馬線也消失不少。如今因為大水而封閉了地下街，尖峰時段行人想過到對街，只能擠在僅剩的一條地面穿越道。有一晚，我碰上十點鐘補習班下課人潮，站在十字路口想過馬路都要等警察排隊分批放人。兩方人潮在中間交會的時分，我聽見許多人忍不住驚嘆：「老天！我們好像在示威遊行」、「好像在逃難喔！」

新聞報導說捷運地下商場慘遭滅頂，損失難估，但我只能想像。每回經過捷運站入口，總要引頭探望，像揭看一道不知何時會痊癒的傷疤。後來捷運搶通南北線，台北車站仍過站不停，我終於能看見捷運月台上恍如浩劫後的場景

．大眾唱片，便宜的正版唱片批發行。

・從台北車站捷運站一出口就抬頭，是我最愛的台北角度之一。新光三越的舊址昔日是民間客運（俗稱野雞車）合法化前的集散地。

時，大約就能明白，地下街恐怕是變得多麼慘了。

我的「不見光」生活空間

台北捷運站是我喜愛台北的重要原因之一。

我看著它緩緩改變，改變成了我滿意的樣子。那裡有我最鍾愛的商家，我像是吹了一個口哨，大家全排隊集合在一起了。

最早，那裡便開設了唱片行、7-Eleven與一小間誠品書店，後來又開了我喜歡的Starbucks咖啡。接著，書店擴大營業，可以選購的書種更多了，買了書或雜誌，有時去Starbucks，有時也換口味去新開幕的詩特莉餅乾屋吃餅乾，喝一杯法式牛奶咖啡。這裡的詩特莉空間小，主要是外賣的，只有一套木製的桌椅純粹應景，一般人大多買了就走，不會注意到這個角落。於是那裡就成了我和好朋友的專屬雙人雅座。有一陣子座位變成烤鴨外賣，我們還忍不住跟詩特莉阿姨（我們都這麼私下稱呼那裡工作的小姐）抱怨了一番。沒想到幾週以後，雙人雅座居然再次重現江湖。

不久，我喜歡吃的泰式鳳梨炒飯也在小吃舖出現了，但最令人感動的還是日本摩斯漢堡竟然心想事成地也現身於此。漢堡店旁邊還有一間我喜歡的山崎麵包店，總有最新鮮的麵包等著我帶回家。

就算下大雨也不怕了，躲開烈日或雨天，只要十四分鐘，就能在這裡把我的生活

・我最愛的摩斯漢堡。

所需全部搞定。當然更重要的是這裡可以轉運至台北東區，從前我必須花一個多小時才能抵達的鬧市，如今不必花到三十分鐘。

等待 重建的日子

新聞形容得慘烈，好像地下街商家的所有設備、書籍與商品，因為一場大水，全報銷了。我在鄉間看見新聞的時候，是詫異與擔憂的，但回到台北「生活」以後，情緒才深深地刻成了強大的失落。

傷口會痊癒吧，那麼疤痕剝落以後，還會長出相同的皮膚嗎？

終於，為了讓行人方便來往，雖然下層的車站月台仍然封閉，地底上層的地下街在搶修與清潔後仍再度開放了。開通的第一日，我小心翼翼地重返現場，看見所有曾經繁華的商家全拉下了鐵門，因為沒有空調，燈光與廣告燈箱沒有開啓，人潮稀少，我的捷運地下街呈現了前所未有的死寂。

我拿著數位相機，拍下這一幕。通往下層月台的各個電扶梯用巨形的木板封住，還鎖守了警衛，我只能在空隙中伸長鏡頭向下探拍，拍下仍佈滿黃泥痕跡的樓梯；拍下積水未乾軌道；拍下拆卸後攤在地上晾乾的電扶階梯，像受傷戰士的盔甲；拍下鐵門深鎖的Starbucks Coffee，幾個綠色的英文字掉落了，不知

・掉了字的招牌。有人把字母F放上去，恰好形成FUCK，彷彿是對天災人禍的抗議。

・南陽街，補習街。

哪個有趣的路人還將字母拾起，疊在其他的字上。

幾天後，我看見地下商場的鐵門貼了字條，宣佈書店即將重新開幕。我突然興奮起來，然後，在開幕的那天趕去探望。

所幸，商家的受損與復原成果都比想像中來得樂觀，接著，其他尚未開門的店面也陸續貼上擇日開幕的訊息。

〈諾亞方舟〉裡上帝向世人淹水示警，那麼，我在想，是否上帝也看不慣政府整治河川的敷衍與官員的利益輸送，於是再度召喚了洪水，還是真的僅是遇上了百年豪雨，才讓台北捷運站滅頂呢？

每次經過台北車站，雖然並不能由這裡搭乘捷運，我仍會下樓看看商街恢復的情況，好像在〈諾亞方舟〉裡，諾亞不斷遣派白鴿到舟外，探看並且回報大水是否已經消退。我當然不是那隻聖鴿，頂多也只是一隻平凡至極的巡邏鴿，等待捷運商場一家家重新營業。

其實我只是一個喜歡這裡的台北人，我想吃香噴噴的麵包，喝我喜歡的咖啡，快樂地逛著我喜歡的書店。

後記：

災後的三個月內，在市府和民眾的齊心協力下，台北捷運站恢復得比預期還快，商場也重新開幕了。雖然詩特莉餅乾屋和泰式鳳梨炒飯終究還是撤攤了，但是新更換的「吉野家」仍是我喜愛的美味。美味的幸福感覺依然沒有消逝。

・車來了，回家吧！

石堂書店
紅豆泥
5/3-6/30

一代湯包女皇。

【南下】永康街 << 捷運大安站

我很鍾愛香港作家董啓章的一部作品《地圖集》。在這本書當中，作者運用香港地名的特色，寫下了一篇篇似真若假的文章與故事，杜撰出那些街道名稱的由來，甚至道出未來的預言，讓這座「東方之都」增添了更多的傳奇。

讀過《地圖集》以後，我才知道一座城市裡的地名跟實際狀況，可以很「名符其實」但也可以很「名不符實」。無論如何，選擇這兩者的其中任何一個，都會使得一個地方的街道有趣起來，並且讓街道名稱不只用來標示疆域而已。

不過，還好董啓章不是台北人，否則像《地圖集》這樣的書恐怕很難誕生。

因為相較於香港來說，台北的街道名稱實在嚴肅多了，缺乏想像力和故事性，並且大多數為人所熟知的街道非但不能「名符其實」也無法「名不符實」，而是地名與當地完全沒什麼典故與關係，像是不小心撞見罷了。

永康街，可能是少數的例外。我喜歡永康街這個名字，除了有著很永保安康的幸福安定感之外，最重要的是這條街道總讓我覺得非常的「名符其實」。

・讓湯包女皇又愛又恨的永康街。

每當中午、傍晚以及入夜的時候，從信義路的永康街巷口走進去，永遠都能感覺一股太平盛世的富足景況。

美饌。小吃。茶店。咖啡館。家室用品。服飾店。休閒公園。

每一個地方都穿梭著絡繹不絕的人潮，熱鬧哄哄的，但卻又那麼和諧。流連在永康街的人們，哪管混亂的政客與股市呢？只有解決此時此刻的飢腸轆轆，才是人生最基本的需求。畢竟吃飽了，明天才有機會永保安康。

日本人眼中的台北美食地標

我的一位姓湯的女性朋友，是令許多女孩子都憎恨萬分的那種人。

她們痛恨她的原因不是她的品行糟、惹人厭，而是她很愛吃、很能吃，但是卻怎麼吃也不會胖。她超愛永康街，可惜家住在桃園中壢，不

・「鼎泰豐」是日本人的台北美食地標。

是常有機會來台北，因此她每一次來，都絕對不會放過永康街。

她尤其喜歡吃鼎泰豐的湯包，每次吃完還要買外賣，恰好她姓湯，所以我們就給了她「湯包女皇」的封號。

湯包女皇找我一起去永康街的時候，都會在口袋裡準備一張紙，紙上簡單地畫著好幾個空心的小圈圈，旁邊標示出不同的小吃攤子或咖啡館的店名。我第一次看見她掏出這張紙時，心裡很不解，但是也沒有問她。只見她在吃完東西以後，不慌不忙拿出一支紅色原子筆，然後塗滿那個圓圈。終於，在我們少量多餐以及兩人合力之下，吃完了所有她想品嚐的食物。我看著她開心地掏出那張紙，用紅筆把每一個紅點連成一條線。

「美食連連看！成功！」她笑起來。

湯包女皇把去永康街吃東西當作一種遊戲。當她滿懷成就感的同時，我心裡卻在盤算又得花多少時間在健身房跑步，才能將今天多餘的熱量消耗殆盡？

可不是每個人都像我這麼和善，只在心裡想而已。有幾次湯包女皇邀請其他幾個女性朋友同遊永康街，一趟旅程下來，其他的女生都悔不當初，向她俯首稱臣，甚至還有人當面向湯包女皇陳情，說她自己吃不胖竟還要害人變成肥婆，真是個不折不扣的昏君。於是，女生們後來只要聽到湯包女皇微服出巡台北，要約她們同去永康街時，大家一概敬謝不敏。

·是湯包女王開啓了我對於永康街小吃的感官經驗。

我的永康街美食經驗是由湯包女皇開啓的，基於飲水思源的道理，湯包女皇每次找我去永康街，我還是很服從軍令，當一個盡職的男性「伴遊」。

無論每一次「連連看地圖」的內容有何不同，湯包女皇的起點永遠會是她最愛的「鼎泰豐」。她的名號就是從這裡發源的，因此這種舉動也不足為奇。

有台北人沒吃過鼎泰豐的嗎？我想一定大有人在。可是，有來台北觀光的日本人沒吃過鼎泰豐的嗎？應該是少之又少吧。雖然日本也開設了鼎泰豐，但是永康街的本店，彷彿成為了日本人來台觀光的朝聖之地，他們眼中的台北美食地標。鼎泰豐店門外總聚集了許多等候叫號用餐或是外賣的觀光客，他們還會在招牌下拍照留念，證明到此一遊。鼎泰豐真的這麼好吃嗎？據說許多台北人吃過以後，反應都不盡相同，好吃與否變成了見仁見智的問題。

當湯包女皇開始流連忘返於鼎泰豐時，我其實早就從她以及很多人的推薦中得知這間店，可是從來沒有嘗試過。

湯包女皇起初要我陪她去鼎泰豐，但我一直沒什麼興趣，日子一久，她似乎掌握我的個性，逐漸改變了她的策略。我既然不打算進鼎泰豐，她便買外賣來給我吃，用一

‧永康公園旁的個性商店。

・公園裡音樂台每逢選舉就成為競技場。

種「母儀天下」的懷柔政策，讓我對這間餐廳產生興趣。事實證明湯包女皇果然名不虛傳，我最後還是跟著她走進了鼎泰豐。

於是，我終於發現，原來跟著一夥人站在鼎泰豐店門外，還是挺有趣的。看著穿著制服的服務生忙碌地穿梭在店裡，戴著白色帽子的廚師則在半開放式的廚房製作點心，顧客們或是來來往往，或是站在店門外聊天等候，構成一幅繁盛的景象。當台北的服務生愈來愈失去耐性的時候，鼎泰豐工作人員的服務態度更加令人感動了。雖然總有許多人在外頭等候進入店裡用餐，總有顧客因為等久了而不斷上前詢問狀況，但是門口負責接待和叫號的小姐，永遠都掛著笑臉，熱情回應，完全沒有疲憊的樣子。利用等候的空檔，我們先勾選了菜單，那位小姐看了看以後，竟誠實地問：「您確定要點這道點心嗎？」我們問怎麼了，她說：「這道點心並不是非常特別的喔，是否有吃過呢？當然如果喜歡吃的話，就沒有問題了，要不然，我會建議點另一道點心比較特殊喔！」

當一個個蒸籠在每一張餐桌上被打開的時候，熱氣在精緻的湯包小籠包蒸餃等等點心之中生龍活虎地竄出，接著霧氣便迷濛了視線，整間店都瀰漫著一

・每到假日，公園裡四處都有親子圖。

·「高記」因為上海熱而再度熱門起來。

股虛幻的朦朧。桌上滾熱的茶水從來沒有間斷過，店裡眾多的服務生隨時注意每一桌的客人需要什麼，直到用餐完畢準備離開，幾個服務生在我們面前收拾餐盤時，此起彼落地對我們說：「不好意思，為您收餐盤，謝謝。不好意思。」

我一度以為自己走進了東京的餐廳裡，屬於日式的禮儀融入了中式的餐館，員工幾乎被要求和訓練成了日本的服務生。我想，除了可口的佳餚之外，優良的服務態度也是吸引大量日本人來訪的重要原因吧？

「怎麼樣，還滿意嗎？」湯包女皇驕傲地問我。

「把妳的美食地圖拿出來，讓我來塗滿紅圈圈吧。」我說。

·我鍾愛的台南肉圓，由於賺錢，已經開了新店面。

我的美食連連看

女皇啓動了我對永康街的感官之旅以後，我便開始經常在她沒有出現的時候也會來到永康街。有時與朋友相約在此碰面，有時一個人覓食。我念研究所撰寫論文時，每隔兩個多星期，就必須到在那兒附近的政大公訓中心，與我的指導教授碰面討論文章，那時我變得常有機會頻繁地經過永康街。每次在碰面結束之後，走進華燈初上的永康街裡享用晚餐，就變成了犒賞自己的美好方式。

漸漸的，我擁有了一張在腦海裡的，屬於自己的美食地圖。我的美食地圖相同的自街口的鼎泰豐起始，第二站是街裡的「高記」。高記所賣的東西有部份是與鼎泰豐相似的，但總類比較龐雜一些，大多以上海菜為主。這兩年台灣炒起上海熱，原本這間名氣敵不過鼎泰豐的餐館，一時之間又熱鬧起來。我曾寫過一篇小說提到上海的一道菜「排骨年糕」，以油炸酥鬆的排骨搭配彈性十足的水磨年糕，並且淋上甜美的醬汁，是很誘惑我的一項食物。高記也有賣排骨年糕，不過味道和料理方式還是與上海本幫菜有些差別。我的美食地圖第三站，是一間的永康公園旁的台南清蒸蝦仁肉圓。這間攤子賣的肉圓不算大，可是皮和餡都很細緻，加上可口的醬汁，味道恰如其分。若是不想吃得太撐，這家肉圓是很好的選擇。第四站是公園底端旁邊的一間日式可樂餅舖子。這間店幾乎沒有店面，只有一個小小的窗口，像是票亭一樣，東西全是外賣的。可樂餅當然不可能用可樂汽水所製作的，而是用炸得一層酥酥的皮，裡面結實地包著許多口味的肉餡。因為酥脆，一口咬下的時候，喀啦喀啦的聲響，挺像可樂氣泡跳動的聲音。每到晚餐時候，

・永康街裡東西賣得愈來愈貴的冰館。

・永康公園的可樂餅舖，很好吃！

・芥末義大利麵餐廳外表看來普通，室內很美，常常成為MV拍攝現場。

許多人都會帶著可樂餅套餐和一杯奶茶，坐在永康公園裡邊吃邊聊天，是很西方的一種生活模式。如果不想「餵蚊子」的話，穿過永康公園，往下走進小巷子裡，便會有許多西式中式日式泰式的餐廳，甚至不想用餐，這邊也有數不清的咖啡館和茶店，可以用一杯咖啡或茶的時光，度過一個極簡的晚上。

吃完飯以後，當然要來點甜品了，我的下一站就是回程時會經過的「冰館」。這間赫赫有名的剉冰店跟鼎泰豐一樣，旺季時總是排滿等候品嘗的人潮。雖然許多人都嫌這裡的冰賣得太貴，可是這裡永遠還是門庭若市。

我不如湯包女皇擁有天賦異稟的能力，一個晚上便能一氣呵成將紅點連成一線，我只能在不同的日子裡分段完成。

不過，我還是很驕傲自己發掘了一張，迥異於湯包女皇的美食地圖。

因為彼此生活忙碌，我好一陣子沒和湯包女皇見面了，那天總算有機會等到她再次北上，我二話不說和她相約在永康街，準備讓她見識我發現的好餐廳。

芥末義大利麵店

我喜歡吃義大利麵，永康街商圈有不少義大利麵餐廳。從昂貴的到平價的，想要什麼都可以選擇。永康公園尾端有間小舖子叫做「騎樓義大利麵店」，以外賣為主，店裡沒什麼座位，但因為地處於三角地帶，西式裝潢得很可愛，因此吸引不少人前來。我喜歡再往下走一點的「芥末」義大利麵店，除了食物好吃以外，挑高的空間也讓人身心感到愉快。美麗的開放式落地玻璃，在天氣好的時候，可以把窗子推開，流動著悠閒的氣氛。一間好餐廳可能被什麼給摧毀呢？答案是廁所。所幸「芥末」的廁所也維持店裡極簡主義的風格，乾淨而高雅。

・這裡總有許多美麗的咖啡館。

週末午后，我和湯包女皇就約在這間「芥末」喝下午茶。

我見到湯包女皇時嚇了一大跳。她姣好的身材放在家裡，忘記帶出門了嗎？數個

・下午茶店「永康階」其實並不在永康街，而是在隔壁巷子。

・希望永康公園裡的孩子們永保安康。

月不見，在我眼前的湯包女皇，身材竟然完全走樣了，體型從迷你精緻的湯包變成7-Eleven的大燒包。

「我知道你被嚇到了，你不用說話，讓我來解釋吧！」

看來湯包女皇已經面對過許多人的疑問了。

・大安公園像是紐約的中央公園，被四周的高樓給包圍著。

她告訴我，其實她一直沒有跟我說，她這一年來分別跟兩個男人交往過。當初認識這兩個男人時，他們都是身材標準的美男子，可是跟著湯包女皇吃遍四海以後，每天都窩在辦公桌前的他們，身材竟迅速地走樣，胖到了令她不能忍受的程度。她問我：「你能想像一隻河馬牽著一隻苗條而美麗的白鷺鷥嗎？至少我不行。」於是，一向自豪於身材的湯包女皇，只好跟這兩個男人說掰掰了。

後來，她遇見了第三個男人，也就是

・街裡豐富的南北雜貨。

目前交往中的對象。湯包女皇仍然豪氣地擴展美食地圖的疆域，但神奇的是她吃不胖的魔力似乎消失了，這男人比她更會吃，但是居然比她更不容易胖。日復一日，那男人仍然維持著好樣貌，但是湯包女皇卻大勢已去。

「前兩個男人都是他們愛我多一些，每天崇拜得我要死，現在這個是我很愛他，可是他卻常常對我忍冷忍熱。我覺得我被懲罰了，所以我的魔法跟隨我的愛情，轉移到了現在這個男人的身上。我的魔力被他吸走了。」她無奈地說。

「妳看《哈利波特》看太多了嗎？」我問。

「但你怎麼解釋我的轉變？」

我真的不能解釋啊。

這時，服務生送上我的餐點，香噴噴的奶油培根麵。服務生問湯包女皇需要點什麼，我追問她：「只喝茶就好了嗎？這裡的東西很好吃耶！點吧！」

「不不不，我續杯就好了。」

服務生走了以後，我吃起我的麵。我正打算告訴湯包女皇，我的美食地圖連連看時，湯包女皇喝了一口茶，看向窗外然後憤憤地對我說：

「我現在恨死永康街了！」

・永康街裡不只有小吃，還有販賣精緻的家飾品。

政治與美食的短兵相接的大安公園

永康街商圈真是很人性化的所在。若是吃膩了永康街的東西，那麼到一旁信義路上的葡苑港式餐廳，還是能夠獲得新鮮的滿足。或者在永康街裡真的把胃填飽了以後，走到信義路上就有兩間書店——金石堂與何嘉仁，可供給精神食糧，好讓營養不失衡。若是吃得太撐了，到大安公園散散步是不錯的選擇。

大安公園周遭，彷彿政治煙硝味特別濃厚，每每到了選舉時節，公園裡的戶外舞台就變成競選晚會的必爭之地。這幾年台北市長和總統選舉時，幾位重量級的候選人，都不約而同在這附近租用房子做為競選總部，讓政治跟美食看似毫無關連的東西一下子靠得好近。

「美食跟任何東西從來就很靠近，好嗎？」

幾個星期以後，我又和湯包女皇見面了。這次我不敢帶她去永康街，因為天氣舒

・人類有看見草坪就想躺的欲望。

·甜品好吃，卻是身體背叛靈魂的殺手。

適，我和她約在大安公園裡散步聊天。我替彼此準備了兩罐7-Eleven買來的日本玄米茶，完全無糖的那一種。我跟湯包女皇講起大安公園時，她不以為然地指正我，美食本來就跟任何東西都很有關係，包括性、愛情和自信。

「那個愛吃又吃不胖的男人，就是從事黨政文宣工作的，你怎麼說美食跟政治沒關係？我想，大概他吃下去的東西，都變成他胡說八道的政黨宣傳廣告，像是清垃圾一樣丟出去給大家，難怪他自己不胖了。」

「你們感情不和睦了？」我感覺到有些不對勁。

「昨天分手了。」

「這麼快？」

「是很快。看我胖得這麼快，能不趕快打住嗎？」

「你真的相信『不瘦魔法』被他吸走了？」我為她的天份取了新名詞。

「我受不了連做愛時，他都要吃。他在我身上放滿水果塗抹果醬，弄得我滿

·户外的餐廳，有特別的氣氛。

・買了可樂餅或便當，就坐進永康公園裡享用。

身黏死了，也強迫我對他這麼做。太噁心了。做愛應該是消耗熱量的，結果我連跟他上床都會肥死。」

「難怪妳說美食跟性有關係。」我失笑。

可是我懷疑，湯包女皇永遠還是以身材做經營愛情的準則嗎？沒有了苗條的身材，愛情也就消失了嗎？我尚在思考，她便開口說：

「原來個性還是比身材來得重要。走吧，我們去鼎泰豐吃晚餐吧！」

「妳不恨永康街，也不管身材了？」我問。

「今天不恨也不管。我明天開始上健身房的瘦身課程。」

「可是妳剛剛才說個性比身材更重要？」

「笑話。沒自信，怎麼能建立起優良的個性？我必須先恢復我的好身材，才能擁有自信。個性比身材重要，是我來對別人下的聖旨。」

我搖搖頭笑起來，跟著湯包女皇一起朝著永康街邁進。

距離鼎泰豐還有段路，我卻似乎感覺到店裡氤氳的蒸氣，已經像是乾冰一般被釋放出來，等候一代湯包女皇的大駕光臨了。

永遠的今天。

【南下】公館 《捷運公館站、捷運台電大樓站

「公館是公的嗎？天母是母的嗎？」

　我曾經在一則短篇小說〈帶著水母去流浪〉裡，讓身為主角的小男孩說過這樣的一句話。據說當時許多人看見了，都對這句話感到新鮮有趣，他們總認為「一般人」是從來不會把公館和天母作出這種聯想的。大家對小說主人翁產生興趣的同時，多多少少也有人開始懷疑，作者的頭腦裡到底裝了些什麼？畢竟「一般人」怎麼會去思考公館跟天母，誰是公的而誰又是母的呢？

　其實，當時這句話的出現，是我的一位朋友阿龜與我在開玩笑時脫口而出的，並不算是我的發明。不過，公館這個地名確實曾在我的童年記憶裡，造成許久的困惑。我並非困惑公館是不是公的，而是好奇這裡為什麼要叫做公館。

　我奇怪「公館」不是大人們在打電話時才會說的詞彙嗎？

　記得爸媽在打電話時，總會用這句話當作開場：「您好，請問是某『公館』嗎？」姓趙就是趙公館，姓李就是李公館，以此類推，總之是尊稱別人的住所。

・原本沒落的公館，因為捷運的開通有了新的商機。

有一段時間，我很好奇「公館」這地方到底是誰家的公館？一定是以前某個大戶人家曾住在這裡吧？當他們搬走以後，物換星移，眾人們忘了這戶人家的姓氏，所以就只能以公館兩字稱呼此地了？這個問題在我心底盤旋良久，之後便換作我的父母親開始困惑。因為，他們解答不出我的疑惑。

後來我才知道，台灣有很多地方也有公館這個地名，而公館不一定要是誰的家，公館還能有許多其他的解釋。

其中有一個解釋是我喜歡的：公館指的是古時候兩地之間，供官吏或旅人中途休息的驛站客房。這種帶點江湖味兒的辭意，不知怎麼，總讓我覺得挺合適這個地方的風格。可能是因為公館很早以前就有著各式各樣的書店，時至今日，那些新舊交雜的書鋪散發著一股文藝復興的氣息，再加上開設了許多茶店和酒館，常有師生和文人穿梭著，令我感覺頗有大江南北裡眾人匯聚的況味。

・公館因為學生的關係而開了許多便宜的餐廳，價位都是學生價。

造就公館這股氣氛的重要成因，肯定與台灣大學有必然的關係。

走進台大校園的幾種方法

多少莘莘學子都曾懷抱著把台大當作「公館」的夢想。他們希望台大可以成為平凡與成功兩地之間的驛站，暫時停留四年以後，漫長的人生從此不凡。

大學聯招鼎盛時期，明星高中最喜歡以每年有多少人考上台大，視為宣傳該校教育有方的方式。台北南陽街的補習班，現在仍熱衷於放榜和招生時，在門口貼上紅色的「狂賀看板」，列出一連串考上台大的學生藉以宣揚業績。

回想我就讀的高中，在當時也算是台北私校圈裡的明星高中，但是私立的成績無論如何仍與公立的有段差距，所以，每每校園裡貼出的紅榜單上出現幾個考取台大的名字時，都被校方、師長以及成績名列前茅的學生，視為一劑邁向未來的強心針。然而，這種新聞對我可是一點影響都沒有。我根本知道，自己即使忽然被數十四「黑馬」附身也不可能進台大唸書的。

不過，這並不代表像我這一類的學生，就再也進不了台大了。原來走進台大的方式有好幾種。第一種，最讓眾人覺得風光的，莫過於堂堂正正的以聯考方式走進「椰林大道」的人。

昔日，還有第二種進台大的方式，就是透過當年尚存的夜大聯招考試走進台大校園。我的幾位高中同學，就是依循這種方式成為台大人

・台大操場已經與社區融合了，是屬於大家的園地。

・操場旁練習啦啦隊的學生，充滿青春活力。

・台大操場上練球的校隊。

的。可是當他們進了台大以後，卻經常跟我抱怨，認為日間部學生和學校，面對夜間部同學時總有著不一樣的心態。其實，台大日間部也好、夜間部也罷，不管怎麼說，都很厲害。他們畢竟是以考

試走進台大的，不像是第三種人。第三種走進台大的人不是來唸書的。他們的成績或許不一定優秀，不過，體力絕對好。他們是來台大操場運動的人。這其中有些是住在附近的住戶，另一些則是特別鍾愛台大操場的人士，即使路途再遠也要來台大跑操場。

幾年前，我曾經在台大操場遇見過高中社團的一位學長，看見他穿著印有台大字樣的T-shirt，很訝異原來他在這裡唸書。直至我上前打了招呼，詢問他唸什麼系所以後才尷尬地發現，他只是穿著這裡的衣服，並不是此地的學生。

「我還在補習啦！每天上課前，就來操

場跑一跑，到校園裡晃一晃。今年！今年夏天我一定會考上這裡的！」他喘著氣解釋。

我看著他的衣服，對於我的誤會，顯露出抱歉的意思。

「沒關係啦！我跑了兩年囉，連自助餐廳的阿姨都以為我是這裡的學生哩。我常常幫忙她一起清垃圾，有一天，她竟然憂鬱的告訴我，再過兩年我畢業了，可沒有這麼乖的學生幫她忙了！」

原來到台大跑操場的人，除了體力好以外，毅力也很重要。最好像是我那位學長一樣「入戲」就更棒了。一年以後的某天，我到台大時竟然仍看見他在操場上奔跑。這一回，我可是謹慎多了，倒是他很落落大方地跟我打招呼。

「一起吃個飯吧？我們社團辦公室旁，有間不錯的餐廳喔！」他邀請。

社團？我心裡讚嘆學長混得真不錯，連本校學生都被他矇蔽過關了嗎？結果學長見我一臉狐疑，才趕緊解釋他去年真的考上了台大，如今是個百分百台大人了。我聽了，竟有放下心中一塊大石的快感。霎時，我才注意到，學長身上穿的T-shirt已經從台大變成美國柏克萊大學了。

那麼，我為什麼會走進台大呢？這就屬於第四種範疇的人了；成績不好，體力差，也沒什麼毅力的那種人。大一、大二的時候，在幾個台大外文系同學的慫恿下，我竟然每個星期都勤奮地跑去他們的課堂上旁

・帶著孩子來台大操場玩，是不是希望他未來考上台大呢？

聽，補足自己學校老師沒有上到的部份。這股精神，有時連自己都會被感動。

那時候，我真的如此用功嗎？如今我回想起來，終於發現了答案。

我其實是貪吃著位於台大校園裡，當時還很罕見的摩斯漢堡啦。

原來，每個禮拜，只是食物在招喚我罷了。這種走進台大的原因，說起來真是挺奇怪的。但是因此發現了摩斯漢堡的存在，也算是功德一件。

百花齊放的書店

當摩斯漢堡在其他地方愈來愈多的時候，我也就不再去台大旁聽了。可是我和那裡仍算是關係緊密的。大學英文系一路唸到碩士班，換了兩所學校，總是不變地常到台大的圖書館查閱資料，或者，到校園對面的「書林」書店購買英文進口書籍。幾乎全台灣的英文系學生，都跟書林有著牽扯不清的關係。這裡進口了許多外國的書籍，販售課堂所需的教科書，還有很多參考叢書。在網路書店尚未普及的當時，書林簡直成為英文系和世界對話的窗口。因為太搶手了，偶爾在書店裡還會見到不同學校的英文系師生，爭奪著限量書籍的熱鬧景況。

除了書林以外，公館還有許多特別的書店。比如頗有名氣的唐山書局，多年來始終照顧了一群不習慣在主流書店打轉的文藝青年。喜歡搞小劇場或社團活動的同學，大約都有到樓梯牆上貼海報的經驗。過去，在買不到大陸書或者傾左思想書籍的年代裡，許多知識青年在這裡找到了春

・這間位於公館的炒飯店，東西便宜又好吃。

天。

早期聚集最多閱讀人的地方是汀洲路上的金石堂書店，那時是公館最具規模的書店。誠品書局台大店開幕以後，閱讀人潮漸漸轉移了陣地，誠品成為公館的新地標。此外，誠品針對文史哲類叢書以及大陸簡體字書，專門而持續的採購和經營，多少影響了唐山的業績，也使得附近的個體戶小書店減少了許多。甚至連曾經在公館蓬勃一時的舊書攤，如今亦所剩不多。很多擁有老記憶的公館人，肯定會感到有些失落吧，但是對於愛書人來說，只要能買到自己想要的書，或許才是最重要的。

帶有江湖味的主題書店：女書店和晶晶書庫

公館的個體戶書店漸漸凋敝了，但是近年來卻有兩間主題書店經

・女書店，過去我和紫石作家常在這裡舉辦私人讀書會。

・晶晶書庫外貌。三樓曾經是咖啡館，紫石作家昔日也曾在這裡租用場地開讀書會。

營得有聲有色，這兩間書店分別是「女書店」和「晶晶書庫」。有很長的一段時間，我和「紫石作坊」的作家朋友們，每隔兩星期就會於晚間時分，選在這兩間書店舉行不公開的讀書會。新生南路巷子裡的「女書店」專門經營和販售以關心女性議題為主的書籍，也是「彭婉如文教基金會」的所在地；羅斯福路巷子中的「晶晶書庫」則是針對同志生活而成立的，有販售相關書籍、卡片和電影光碟等資料。

女書店是名符其實的「二樓書店」，書店裡有一間小會議室，我記得冬天的時候，大夥兒總會泡起一壺熱熱的綠茶，幾個人湊一起，窩在這裡討論讀後心得。若是更冷一點兒，我們便會買來一碗新生南路上「臺一湯圓」所販售的甜酒釀，熱呼呼的把寒意驅逐出境。後來，讀書會地點換到了晶晶書庫，當時三樓有一個咖啡空間，就讓我們包下來使用。

雖然我們討論的書籍，與他們書店的經營主題不一定相關，但他們總是很友善的歡迎我們。這兩間主題書店的開設，曾經引起了不小的震撼。這麼

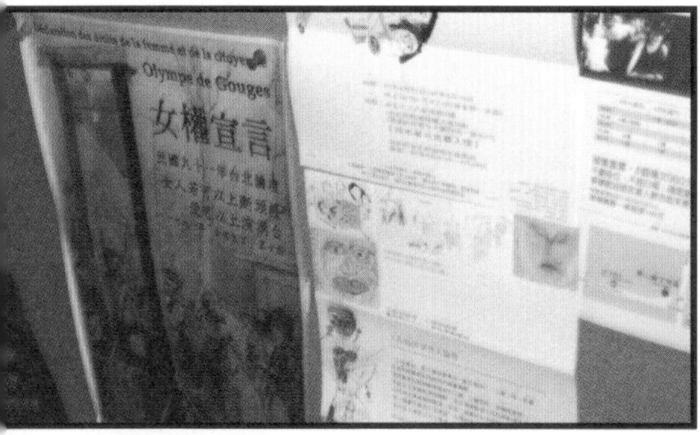

・通往女書店的樓梯，邁向台灣女權的重要路程。

多年以來，他們努力地經營，並且融入了當地社區環境，確實為台灣的人權和性別運動史，留下重要的記錄。我總覺得，它們使得公館的江湖味之中，那股充滿著義氣和包容的態度，彷彿更加濃厚了些。

・這是書庫旁邊新開張的晶晶藝廊。

公館的三大珍寶：影印店、咖啡/茶店和小吃店

因為讀書會需要影印資料的緣故，我經常有機會到附近的影印店裡。

由於台大校園的關係，公館的影印店特別多，大約可以和眾多的咖啡館與茶店，以及數不清的小吃攤位，成為公館特殊的三大珍寶吧。

影印店除了接受我這種零星的散客以外，主要的客源皆來自於替師生印製絕版的教科書和製作碩博士論文。

我第一次見到小珊就是在女書店附近的一間影印店裡。那一次，我不只複印讀書會所需的資料，也將學校裡需要用到的講義帶來影印。好幾份資料加起來，花了很多時間。小珊是這裡的工讀生，那是店裡其他員工喚她的稱呼。我對小珊很有印象，除了她看起來很出眾以外，最重要的是她影印時的身手，熟練得十分迅捷而優雅。她攤平書，闔上影印機，鍵下按鈕，打開蓋子，取書翻頁，再攤平書，闔上影印機，鍵下按鈕……她重複著每一個步驟，我在旁邊靜靜看著，以為看見舞蹈中的手勢。

「為什麼印兩份？」當她把影印好的東西交給我的時候，我竟發現她悄悄地多印了一份，並且將它收進抽屜裡。她有些意外地看著我，然後平靜地對我說：「你是第一個發現的人。」我追問：「所以，我可以是第一個知道答案的人？」

她沒有回答，只是把東西交給我，告訴我價錢。我見她並不想要回答的樣子，只好放棄。臨走以前，我問她，影印店裡的機器都有記錄張數，難道不怕老闆發現？她忽然笑起來，偷偷告訴我，那種計數器按一下就可以歸零了。我因此對這個女孩子印象很深刻，不知道她到底為什麼要這麼做。

・這是屬於開放式的陽春影印店。

讀書會不再舉辦以後，我很少再來到這間店，甚至也比較少來到公館了。

之後每次來到公館，大多是為了某個特別的原因，可能是找書，買CD，到台大查閱資料，或是跟朋友相約，總之，很少是為了隨便逛逛而逗留在公館的。公館的溫州街有許多特別的茶店、咖啡館和餐廳，為了顧及學生的經濟能力，餐廳的消費都不會太貴。我和朋友經常相約在公

・每次走過影印店，都希望那兩個女孩永遠快樂。

・誠品公館店的開幕為公館商圈注入強心劑。

館，便會選擇在這裡碰面。

每次，我經過影印店時，我都記起那個特別的小珊。有一回，我到台大圖書館查完資料以後，決定來到那間店複印講義。小珊還是在店裡工作，她沒有認出我來。我看見她又偷偷多印了一份收起來的時候，終於忍不住問她：

「那收起來的，是妳要看的嗎？」

小珊看著我，忍不住笑起來。她說，她記得我，因為自從上次以後，也沒有第二個人注意到她的舉止。「不是，是給朋友的。」她義正詞嚴地說：「反正舉手之勞嘛，多印一份，又沒有要你多付影印費。」

「這是我辛苦整理的資料

耶，妳應該要付我手續費的。」我揶揄她。

當然，我並沒有真的要她付我錢。可是我離開影印店以後，左思右想卻開始對於小珊的行徑感到不舒服。那些真的是我辛辛苦苦整理的資料啊，她這麼容易就得手了嗎？再說，就算要影印，也應該知會主人一聲吧？

一星期以後，我在溫州街的「挪威森林」咖啡館裡遇見了小珊。她和一個長得挺清秀的男孩子坐一桌，兩個人親暱地靠在一起，但是卻很專心看著書。我不想打擾，但當我從洗手間出來，經過他們身邊時，小珊卻主動喚住了我。

・溫州街的咖啡館。

小珊請我一起坐過來，她身旁的男孩子露出了友善的微笑。我坐過來以後，小珊對身旁的男孩說：

「就是他了，講義的贊助廠商之一囉！」

「喔，謝謝！真是不好意思。」

那人一開口，靦腆地笑著時，我才忽然發覺她是個女孩子。跟小珊完全不同的類型，眼前這個女孩子削了一頭短髮，穿著寬鬆的T-shirt和七分褲，笑起來還帶著酒窩，是一個長得像是可愛的弟弟般的女生。我看著她和小珊的互動大約明白了些什麼。可是，私自偷印講義這檔事，並不能因為她們兩個，一個長得美麗而另一個長得可愛就

・公館夜市有許多令人垂涎三尺的小吃。

忘記。我似乎還是得討回公道的。

「都怪我啦！」短髮的女孩替小珊解釋：「我想考插大。可是沒什麼錢去補習，對台北的英文系又了解不多，小珊於是想辦法替我蒐集學校裡英文系學生用的講義，多多少少希望對我有點幫助啦！可是小珊她也不是英文系的學生嘛，就只好在影印店裡蒐集講義了。」

原來她在南部唸大學，想要插班到台北唸書。

「一定是最重要的資料才會出現在影印店裡。據說只要掌握到老師上課的方向，插班試題就不會偏得太遠了。」小珊驕傲地說。

「可是我並不是台大的學生啊，對妳沒什麼幫助吧！」我說。

「難怪，你的講義跟別人都不大一樣。」小珊笑起來。接著，她就問我到底是哪間學校的。她知道了以

・溫州街的夜景。

後，告訴短髮的女孩，記得到時候也去報考這所學校，畢竟已經看了這麼多我們學校的東西，中獎的機會應該也挺大的。

「只要能到台北唸，就好啦！」小珊說。

短髮的女孩聽了，突然又變得像個大哥哥似的，拍拍小珊的頭。

其實我們彼此並不熟識，因此對於她們在我面前毫無拘謹的態度，感到十分特別。她們輕鬆自在的方式，令我感到舒服。於是，那些被小珊多印幾份的講義，我便不在乎了。我甚至希望，那些東西對小珊的朋友真是有所幫助的。

‧在繁華的溫州里，原來也可以發現這樣的陋巷。

抱著碩士論文草稿再度走進這間影印店時，已經是一年多以後的事情了。我有預感不會再遇見小珊，但沒想到卻在這裡遇上小珊的朋友。

「我沒有考上台大，也沒有考上台北的大學。」

她露出招牌的靦腆笑容。不過她說，她畢業以後就來台北工作了。小珊現在唸研究所，還是繼續在這裡打工，老闆跟她們都熟了，她偶爾會過來幫忙。

「要不要等小珊過來，去pub喝一杯？」她大方的邀約。

我尷尬地回答：「對不起，我不大會喝酒。」

「只有今天喔！」她開玩笑地說。

‧鼎盛一時的「大聲公」疑似捲款潛逃，竟然落得這種下場，不勝唏噓。

最後，她還是與我約定，下回一定要和小珊一起碰個面。

坦白說，進來影印店之前，我因為陷在準備口試來臨的緊張裡，一整天都情緒低落，但是當我離開影印店時，心情卻忽然好了起來。

想起小珊和她的朋友，我突然很想念東南亞戲院裡賣「青蛙下蛋」愛玉冰的攤子，想念那種冰熱交融，甜甜的美好滋味。

美好的滋味或許不能在嘴裡保持很久，但留在記憶裡卻是永恆的吧。

走進夜市，發覺人潮實在太過擁擠了，我突然打了退堂鼓的念頭。

・所幸過去與「大聲公」相抗衡的「鳳城」餐廳還屹立不搖。

回頭，我看見停在頂呱呱炸雞外的麻糬餐車。數十幾年來，從我小時候開始，餐車上的玻璃櫃就始終寫著「麻糬優待，只有今天，四個十元」。

永遠的今天啊，今天永遠不會逝去。

大約也只有公館這個充滿包容力的地方，會出現這樣可愛的攤販吧。這攤子或許也曾想把公館夜市當作生意的驛站，但最終仍選擇恆久地留下來了。

就像是我的那位跑操場的社團學長，以及影印店裡的女孩們，連在公館的小吃攤販，都有著十足的恆心和毅力。

我決定又調頭擠回人潮裡了。

我想，追求一杯「青蛙下蛋」的恆心，此刻，我還是做得到的。

・數十幾年來始終寫著「只有今天」。永遠的今天啊，今天永遠不會逝去。

康和綜合證券
康和集團
證券‧期貨‧投

迷戀人生。

【東行】環亞購物中心商圈 <<捷運南京東路站

台北的逛街族群，似乎漸漸區分得愈來愈清楚了。

西門町一網打盡年輕的少男少女，華納威秀與信義新天地聚集經濟能力高一點的青年，而在忠孝東路商圈則很少看見奇裝異服的人，大多是比較中產階級，甚至雅痞味濃厚的族群。除此之外，還有一種地方是因為白領階級而形成商圈的。這類區域的逛街腹地或許不大，但大體來說，開設的店鋪都能滿足上班族所需的生活機能，尤其是女士們最偏愛的地攤，更是發達蓬勃。

在這裡，最熱鬧的時候可以分成兩個時段，午餐和晚餐期間，由於正是上班族離開辦公室外出活動的時分，消費和交易往往飆到最高點。換句話說，一到了假日的時候，這裡反而就不似平常那樣熱絡了。這裡是屬於上班族的商圈。

這樣的地方在台北並不少見，像是南京東路上從兄弟飯店到環亞飯店這一帶，就是其中很典型的例子。此地聚集了許多的辦公大樓，上班族人口眾多，消費生態自然朝著他們的作息而改變。

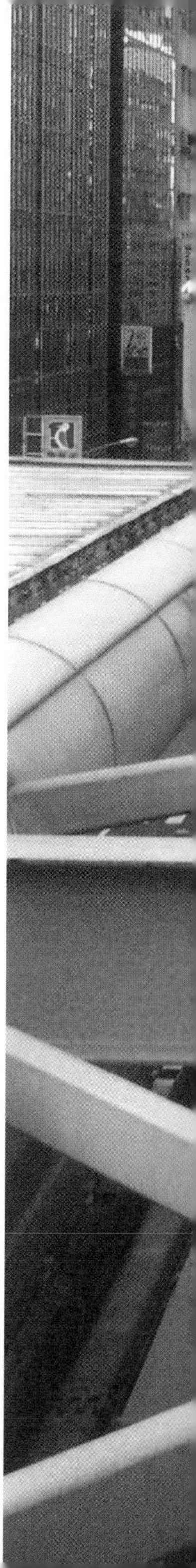

我雖然不是這裡的上班族，但當捷運木柵線以及轉運的板南線開通以後，我來到這裡的機會也大大增加。南京東路捷運站出口前，由三面建築所包圍出來的一個小廣場，是我很喜歡的一處台北角落。包圍出這個精緻小廣場的三面建築分別是捷運站，左手邊的先施百貨和右手邊的兄弟飯店側邊、咖啡館、勝田日本料理和麥當勞，至於前方則是伸展開來的長長街道。廣場的地磚是特別鋪設的，跟其他地方都不同，陽光燦爛或霪雨綿綿的日子，這裡都會透出一種獨特的光澤，每次我經過，心情總會變得特別好。

‧這裡是少數我喜歡的台北角落，很像歐美城市的小廣場。

那間麥當勞是一棟不高的公寓，餐廳開設在一樓和地下室，其他樓層仍是住家，並在住戶的頂樓矗立了一支巨大的黃色招牌。我收錄在《501紅標男孩》當中的〈樓頂上的月光俠〉，就是以此為藍圖的一篇小說，寫一個在樓頂居住而擁有麥當勞招牌的男孩，如

‧我很喜歡南京東路站的出入口，尤其是晚上。

・收錄在《501紅標男孩》當中的〈樓頂上的月光俠〉，就是以此為藍圖。

何面對他的戀情，從擁有、背叛到失去。

不過，這可不是我對於這個地方最早的「時空對話」喔。

關於南京東路三段，我最深刻的回憶應該是跟許多六年級生差不多的，那就是去市立體育場看球賽和演唱會吧！

頭號兩「迷」戀：球迷與歌迷

不管再怎麼懇求、陳情或抗議，政府永遠不給我們一個同時可提供娛樂表演與體育活動的大型優良場地。一個心目中像日本那樣的「巨蛋」體育場，不知道討論了幾年，母雞始終下不了蛋，甚至連有沒有懷孕都令人質疑。我們渴望這顆蛋，從五年級後段班，經過六年級，現在已經到了七年級中段班，才好不容易終於確定了興建場地。可是先別高興太早，因為以台灣人「隨性」的態度，換了一個市長或總統，已經決策好的事情隨時可以翻案。加上台灣人對公共建設的進度總是慢得可以（就像天母棒球場），過程中再爆發個弊案什麼的，等到巨蛋體育場終於落成的時候，我還有多少力氣擠進去看一場演唱會呢？

反正民眾再怎麼哀求，政府就愈不想給你。如果搬來佛洛依德，他肯

・體育場拆了，多少掌聲與榮耀也化為烏有。

定會解釋：「這是一種性癖好。」我不禁懷疑政府官員已從那種「你要我就偏不給你」或是「說要給你了卻一直不給」的過程中，獲得了一種滿足和快感。

如今已經拆掉，正在原址重建的台北市立體育場，是我們這一代從國中到大學時期一個重要的記憶指標。它雖然無法和巨蛋球場相提並論，可是已是唯一稍微像樣一點的場地了。高中的時候，台灣職棒風潮如火如荼地興起，凡是學生幾乎沒有不理會職棒的，即使像我這種不熱衷的人，多少還是會聽朋友聊一聊。至於女同學們雖然沒有像男生一樣，但她們還是會關心的。她們關心充滿男子氣概的球員，今天是否又有了漂亮的出場和演出。

·體育場原址將孵出一個小蛋，仍然不是巨蛋。

我其實只有一次現場看球的經驗。高中時有一次被同學拉去台北體育場，買了便宜的學生外野區票券，見識到成千上萬的球迷與球員互動的壯觀景象。看球的人會因為支持對象的不同，坐在不一樣的區域裡。我的同學是支持「兄弟象隊」的，我自然跟他坐在兄弟象球迷的座位區裡。

「你一定要跟著大家一起喊！一起敲打加油棒，懂嗎？」

同學見我太過冷靜了，忍不住指正我。因為太吵了，他說得很吃力。

·一支錶才一百元，光陰在地攤上是如此廉價。

「我一向很冷靜的。我在觀察是不是有什麼邏輯性。」我回答。

「你瘋啦！你以為你在寫小說？」我的同學聲嘶力竭對著我說：

「你不賣力加油，旁邊人會以為你是支持敵隊的！他們可是會翻你白眼的！會罵我們耶！所以你一定……要……一定要……」

忽然間，我們周遭轟聲雷動的聲浪撲過來。我同學的聲音淹沒在浪裡，最終只留下無聲的脣形，以及一抹激動卻堅毅的眼神。那一幕，真是壯烈啊。

所謂入境隨俗，我倒很能進入狀況，立刻按照我同學的吩咐該喊的時候喊，該嘆息的時候也不落人後，有時太激動了，旁人還會回頭看我。正當我已經完全

・行動咖啡館提供新鮮的户外休閒場所。

・昔日松山機場還是國際機場時，美麗的敦化南路擔任了迎接外賓的重大職責。

進入狀況不能自拔，比賽最終一局也快要結束的時候，我同學竟然說：

「走吧走吧！我們現在得趕快走了！」

「球賽還沒結束啊！你現在走，不見證勝利的一刻，難道不怕別人誤會你是敵隊的？」我憤憤地說，以為反將了他一軍。

「拜託！反正現在就知道結局了，何必等到最後？等一下散場，這麼多人會讓你走都走不出去耶！外面的交通也會亂成一團的！你想被人踩死嗎？」

哇，原來看棒球賽是這麼一回事。這是我的第一次也是最後一次。我不再看球賽，不是因為不喜歡，只是不想因為一場球賽而變成一隻扁掉的蟑螂。

那麼同樣都是坐在觀眾席

上，在相同的地點看演唱會，應該簡單多了吧？我以為如此，可惜答案卻是「那可不一定」喔。

過往，台北體育場算是市區裡規模最大的戶外演唱會場地，只要夠有人氣的國內外歌手，都會挑選在這可容納幾萬人的地方演出。我有兩次印象深刻的演唱會經驗，雖然是成長中重要的記憶，但過程都不是挺舒服的。我第一次走進台北體育場是看張清芳的演唱會「光芒耀星空」。那年冬天我因病入院，演唱會在我出院後沒幾天就舉行，我竟然決定帶傷上場，跟著陪我的姊姊，兩個人擠坐在看台的石階上。那幾天寒流來襲，剛出院的我裹著圍巾戴著手套，穿著厚重的大衣，一旁的姊姊看了，不停問我要不要提早回去，但是我很堅持，無論如何把演唱會給看完了，如今想來實在拼命。

第二次到這裡看演唱會，是Mariah Carey來台開唱。真不巧，那天又是一個超強寒流來襲的夜晚，更慘的是，還飄著毛毛細雨。當我好不容易撐著傘找到看台的座位時，簡直快氣瘋了。我真不敢相信，我花了兩千五百元台幣，卻換來一個坑坑窪窪的、積著水又掉了水泥的位子。或許還不能說是個「位子」，實際上它連座位都沒有，不過就是節階梯罷了。寒流搭配冷風細雨，加上體育場因為空曠的緣故，使得那晚當場的最低氣溫竟然只有攝氏八度。我們簡直快凍死了，在台上的花蝴蝶也忍不住穿起外套來，高音都快唱僵了。雨下大了，但卻不能撐傘喔。一撐傘，坐你後面的人還看什麼呢？我們只能可憐地穿著「垃圾袋雨衣」，在雨中大嘆花費一流的票價卻作二等公民。

我們一定要這麼可

・一個人進飯店喝咖啡前，先來誠品南京店買一本書吧！

·IKEA的家具讓情侶產生共築愛巢的衝動。

憐的看演唱會嗎？連花錢都還要這麼慘嗎？

當台北體育場拆掉的時候，坦白說我的喜悅多過感傷。我們需要一個更好的體育和演唱會場地，真的。我想起「五月天」樂團主唱阿信在168場演唱會時，感動的對聽眾大喊：「這是台北體育場耶！我們真的做到了！」我多麼希望不久的將來，我可以坐在像日本那樣優秀的巨蛋裡，大聲對自己說：「這是台北巨蛋耶！我們真的做到了！」

第二種迷戀人生的方式：書迷

當然，有些fans是不在乎有沒有一個優良的體育場的，因為他們所喜歡的對象不大需要一個開四面台的升降舞台。他們的活動是靜態的，只要一個講台和幾張座椅；他們是一群書迷，以及出現在Fnac書店藝文沙龍裡的講者。

自從Fnac在台北開幕，並且於台北國際書展會場大力推行咖啡館藝文講座以後，兩年來這股風氣似乎漸漸培養了起來。有時候是下班放學後的平日夜晚，有時候是週末午后的悠閒時光，喜好藝文活動的台北人，都有了新的好去處，那就是來Fnac免費飽餐一頓精神的食糧。正像Fnac店名的首尾字母一樣，書店結合了Forum（論壇）和Coffee（咖啡）的字首，融合出台北人的新生活型態。

·我喜歡來Fnac，因為總能買到迷戀但難以購得的海外音樂。

・喜好藝文活動的台北人，都有了新的好去處，那就是來Fnac免費飽餐一頓精神的食糧。

我和紫石作坊的作家朋友們，曾有多次在Fnac舉辦活動的經驗。每次看見許多朋友共襄盛舉，內心都很感動。想一想，寫作者相較於活躍在體育場上的或是螢光幕裡的巨星，是多麼的微不足道啊，然而僅是透過文字而認識我們的讀者和網友，卻願意千里迢迢前來鼓勵自己，怎麼不感人呢？

我曾經為心儀的歌手去擠演唱會，當然也曾經特地抽空來Fnac聆聽作家的講座。比起幾萬人在體育場裡呼喊偶像的名字，不到一百個人的藝文沙龍顯然規模

・IKEA樓下的輕食店經濟實惠，是談心的好地方。

小得多。情緒雖然沒有大起大落，但是，氣氛卻更加溫馨。日本作家柳美里來Fnac講座時說的一句話，我印象特別深刻。她說：「每天，我和多少陌生人在東京街頭擦身而過，看似靠近但卻距離遙遠。可是今天，在這樣的一個晚上，我竟和遠在台灣的各位齊聚一堂，一同聊文學，這是很令人興奮的。」

第四種迷戀：飯店迷

我的朋友偉強，聽了我分析圍繞在環亞購物中心商圈的三種「迷」之後，顯得很不以為然的樣子。他的「不以為然」並非討厭這種迷戀球員、偶像或作家的fans，而是對他來說，這些實在都不夠看。跟我同年齡的他，早在十年前開始，就經歷過那些fans的一切了，而且比他們（包括我）還要更瘋狂。

「呵。只是去擠一場演唱會和球賽，跑一場藝文講座，算什麼呢？」

他忍不住

・偉強和他女友鍾愛的六福皇宮（The Westin Taipei）飯店。

邊說邊笑。我們坐在捷運南京東路站附近的六福皇宮飯店（The Westin Taipei）裡喝下午茶，偉強偏著頭，一副十分投入的樣子，彷彿頭上冒出一陣煙霧，播放他曾經的豐功偉業。的確，在偉強的面前，我或者那些fans都是拿不上檯面的。我從偉強15歲時就認識他，這十年來，他迷戀瑪丹娜幾乎到了一種宗教膜拜的地步。你要說他瘋狂嘛，他的確瘋狂，可是仔細探究，他絕對沒有失去理智。他很理智地整理並且購買瑪丹娜各種版本的唱片和VCD，上網認識世界各地的瑪丹娜迷，理智地挑選正派的網友和可靠的網站，進行海報與演唱會紀念商品的交易，甚至蒐集資料、選擇定存利率高的銀行，有計畫地在銀行開戶存款，為的就是飛去東京和美國看偶像的演唱會。更誇張的是，偉強去紐約和倫敦遊玩時，還特

・位於交通要道的環亞購物中心。

・老字號的環亞飯店內部的萬國旗景象。

地朝聖瑪丹娜居住過的地方，拍照證明到此一遊。

「太敗家了吧！不是所有的fans都有這樣雄厚的經濟實力呀！」我說。

「喂！我也有不那麼花錢，而且非常充滿藝文氣息的一面吶。你忘啦？網路剛剛流行起來時，我自己買書學網頁設計，多麼刻苦地為瑪丹娜設計網頁。我還寫書哩，私下寫過很多樂評心得喔！我還可以加上自己規劃的『瑪丹娜』全球景點旅遊動線呢。你知道嗎？崇拜偶像不是只有喜歡那個人而已，要擴展出相關的領域，才算成功。對了，你不是搞出版的，有沒有興趣？」

「嗯……」我有一種被脅迫的感覺：「可以看看，可以看看。」

偉強最了不起的一點，就是持之以恆。許多fans追逐偶像，有時也等同於追逐一時的流行，而且常常同時支持好幾個偶像。但，偉強可是徹頭徹尾只對瑪丹娜一個人忠誠的，十年來都不變。我正在稱讚他時，他卻搖搖頭說：

「十年了，差不多囉。我雖然還愛著瑪丹娜，但是現在已經從樂迷進展到另一種境

・兄弟飯店的大堂caf'e，小而精緻。

界了。」

「羽化成仙了？」我訝異地問。

「我的意思是，我有了另一種fans的身分。」他說。

偉強解釋，他現在最迷戀的不是歌手，而是飯店。

「喔，我的天啊，」我開玩笑地揶揄他：「這是我第一次聽到『飯店癖』，現在一定無藥可醫的。」

「多難聽啊！請你說是『飯店迷』好嗎？」

・規模不大的環亞購物中心恐怕無法滿足購物狂。

偉強的話才說完，手機便忽然響起。他嘀咕一陣之後，掛了線，然後告訴我，他的女朋友已經在樓下，等一下就會上來。我原來不知道偉強有了新的女朋友，而且事前也不知道她會出現，因此有些意外。

偉強說，最近，他和女友都迷戀上在每個週六午后，到台北各個不同的飯店裡享用下午茶或晚餐，經濟稍微寬裕的時候，還會早早訂下一間客房，晚上就在那裡過夜。他們之前去過信義計畫區的凱悅飯店，這幾個禮拜以來，都持續在南京東路捷運站附近徘徊。這裡聚集許多大飯店，除了六福皇宮以

・六福皇宮裡的中庭caf'e。

外，還有兄弟飯店、環亞飯店和中泰賓館等地方，夠他們花上一段時間來體驗與比較了。

「其實你迷戀的倒不是飯店，而是女朋友吧。」我說。

「迷戀上遊玩台北各大飯店的想法，是我們兩個一起想出來的，可能換了一個人，我也就不迷了吧。」

偉強回過頭看了一下，說：「來了來了，遠遠的那一個女生就是了。」

因為燈光有些暗，我只看得見身影，看不清面容。

「怎麼認識的啊？」我想到這個重點問題。

偉強回過頭，很正經八百地說：「瑪丹娜樂迷的網站聊天室裡。我們很談得來，說不定過兩年會考慮結婚喲。」

・上班族往來繁忙的南京東路。

「喔。」我輕輕地吐出一聲，不知道還能多做什麼反應。

偉強說，崇拜偶像不是只有喜歡那個人而已，要擴展出相關的領域，才算成功。他從樂迷進展到另一個階段，原來還包括他的戀情。

・總有喜宴。身為「飯店迷」的偉強與女友會在哪一間飯店成婚呢？

他的「迷」戀人生，果然是實踐得很徹底啊，全和瑪丹娜有關。

看著偉強體貼地起身，前去迎接緩緩走近的女孩時，我忽然猜想，偉強這一生最重要的時分，說不定不是結婚的那一刻，而是和這個在瑪丹娜網站上認識的女孩，兩人手牽手欣賞一場彼此共同偶像的演唱會吧。

當然，如果他們可以等待的話，我多希望那場景是在台北巨蛋裡。

www.tkec.com.tw
life easy
工廠 世界通路
燦坤 3C
SMART
電腦用品批發零售
永昌專業電腦
GENUINE 捷元
SUN TOP
昇宏資訊
快遞

正邪之間。

【東行】光華商場周圍 <<<捷運忠孝新生、善導寺站

因為工作上的需要，我在某個週日的午後，特地前往了台北專賣電腦及軟體器材的集散地——光華商場。

我對光華商場的記憶源自於高中時代。那時候，我總會在週日的早上，到當時還位於忠孝東路的「殷非凡」英文補習班上課。

我和幾個在補習班裡的朋友一直對流行音樂很感興趣。補習班教室的樓上正巧是「福茂唱片」公司。我們熱衷流行歌曲的程度，甚至積極到曾向唱片公司爭取趁著課堂空檔時，去報名試聽票選當年紅極一時的周慧敏，尚未出版的新專輯主打歌。

不過，這種機會並不多。通常，我們進行的活動還是在中午下課以後，一起沿著忠孝東路，從現在的捷運善導寺站走到忠孝新生站附近的光華商場。逛逛唱片行，找喜歡的歌手所發行的新專輯，成了我在繁重課業裡的偷閒時光。

十年前左右（一九九二年前後）的光華商場，還沒有形成現在的電腦和手機集散地。當時除了販賣視聽器材的商家以外，幾

・這裡原是販賣電子產品和舊書，後來才變成電腦集散地。

乎全都是舊書攤、明星海報店以及很多的唱片行。大部份的商家都位於光華陸橋下的地下街，只有另一間常去的「學友唱片行」是在對街的巷子裡。光華商場賣的唱片都比較便宜，也會進口一些特別的外國唱片。雖然，高中生的我們實在買不起每一張唱片，但在當年沒有什麼連鎖唱片行的台北市裡，逛逛光華商場就已經感到了滿足。

自從高中畢業，結束了那裡的補習生涯，而且台北平價的唱片行愈來愈多以後，我就鮮少再回到光華商場去買唱片了。

後來，有機會再去光華商場，這裡已經變成了台北的「東京秋葉原」，大規模地賣起手機、電腦和電腦相關材料。只是和企業化的秋葉原很不同的是，光華商場仍保持著傳統商場的樣子，集合著零散的小店舖。一間擠著一間，走在其中，人多起來時便會感覺窒息。電腦開始在台灣普及，連學生打工存一存錢都買得起以後，很多光華商場裡

・高架橋下就是光華商場。

難以繼續經營的老店鋪或唱片行，就改賣起電腦產品。因為需求量大，生意愈做愈好，吸引了更多的人投入經營開店。於是，光華商場就在這幾年，變成了購買組合電腦和軟體的聖地。

不過，大約是因為購物環境並不舒適的緣故，我很少來到這裡購買電腦產品。即使來了，每一回也是匆匆離去。

但這一次，因為工作所需，我終於又回到這裡了。

軟體，零件，和A片

從捷運站走向往光華商場的出口，我忽然想到前幾天在網路BBS上，看見曾有人說，某天夜裡從捷運站走向商場時，竟被一群人團團圍住。他們莫名其妙說他欠人錢，要他還錢，然後洗劫一空。於是，他上網警告要搭乘捷運去那裡的朋友，請特別小心在捷運站出口，可能遇見這群無賴。

我其實已經忘了這件事，但因為抬頭看見捷運出站口的編號，才發覺我現在正往那名網友被人搶劫的路上。更讓我感到不安的是，此刻竟然那麼恰好，只有我一個人要出站。所以，我不免開始幻想，如果真的有人要搶劫我，我也是呼喊不到救兵的吧？

・光華商場旁的華山藝文中心。

・碩果僅存的舊書攤。

懷著忐忑的情緒上樓以後，我才知道自己真是多慮了。

星期日下午的光華商場周圍根本是車水馬龍的，熱鬧極了，一點也不可能有形單影隻的危險。我在擁擠的人潮裡走進許久沒有前來的光華商場，眼裡看見了各式各樣的電子產品販賣舖。

有沉默是金的老闆，賣電腦軟體和電影光碟片，掛了一張紙板，上面寫著：「有緣份就可以找到你要的。沒有你要的，就是沒緣份。請不要亂動。」

我為老闆的「緣份說」創意感到佩服和欣賞。

・電腦商場從八德路開始伸展。

不過，大部份的老闆和店員可不是這麼被動的。站在店舖門口的店員，都會大聲地用各種叫賣方式，喊住過往的客人：

「先生先生，要什麼？直接用問的比較快喔！」

「來看看喔，電腦打字語音輸入系統。用講的就好，辨識度百分之九十以上，台灣國語不用怕喔，連夢話都可以寫。」

「水藍片，鍍金片，你的燒錄機愛的好寶貝。」

我走過一個轉角，聽見的則是商家與顧客一來一往的討價還價。

「你這台印表機，我剛剛在另一家看才兩千一而已。」客人說。

「你要看是哪個廠牌的呀！同學，我這個貴一點，但是速度快吶！要不然，你去買那台好了，你每次印，就像聽交響樂：『等等等等』！」老闆解釋。

樓梯口站著一個長髮的女孩，眼光很閃躲，我的目光與她交疊了，她就立刻從手上展示出一疊型錄。原來是散在人群裡，販賣盜版軟體的個體戶。我還來不及走上前看，有兩個男生就搶在我面前翻閱起來。

再往下走，我要去尋找我想購買的軟體時，有個很年輕的長髮男

・貨比三家不吃虧，自古不變的道理。

・電盜版難抓，先抓攤販吧！

孩忽然湊到我耳邊，好像不是在跟我說話，但又似乎是在我耳邊嘀咕些什麼。我轉頭看著他，仔細聽了，才發現他在悄悄地對我說：

「A片A片，日本高校女生。很純的。A片A片」

於是，我才恍然大悟，這竟是偷偷叫賣情色光碟的呼喚。

因為年輕男孩的神色與口中說的話太過流暢自然，我趕緊轉頭離開，否則我擔心會忍不住在他面前笑出聲來。這樣就未免太難為情了點。

其實，就算沒有像是這個男孩用「直銷」的方式賣情色光碟，許多商店裡仍有一個專櫃是特別陳列著引自於日本的合法三級片。我尋覓著我需要用到的網頁設計圖檔光碟時，經常找著找著，看見在一個角落有成堆的日劇韓劇VCD，同時也會在另一個隱密的角落裡，看見一部部標著「動感十足」的片名（不得不承認有些是有趣而好笑的）的情色光碟。

・商家門口總貼滿各種販售資料。

· 光華商場旁有「希望廣場」；電腦業的確是台灣走向國際的唯一希望。

正邪之間的欲念擺盪

我很仔細地逛著，靜靜看著眼前的一切，感覺光華商場真的很不一樣了。

可是，我一點也不感傷。我甚至在心裡難掩興奮之情。

我喜歡這種生龍活虎的地方，有著市井小民熱絡的交易。

狹窄的所在，什麼東西都有賣，四處充塞著冒險和刺激感，既然是最基層的市民活動，當然也暗湧著真實的人性欲念。

多麼奇異的一個地方呀，擺盪在正邪之間。

想組裝電腦的大學生，來光華商場比價，決定買原裝進口的主機板比較耐用；而不久

・週末的賣場外常有促銷活動。

前才裝燒錄機的高中生，在隔壁的小店舖裡買了四十張的空白光碟片，因為他答應要幫同學燒阿妹的最新唱片。喜歡看老電影的人，來這裡尋找失落已久的原版電影DVD；買賣盜版軟體的人們，卻在同一時間的另一個地點，完成了一場交易。愛好舊書的讀書人走進地下街裡，看看還能否幸運地發現張曼娟在希代初版的《海水正藍》；欲望橫流的男人們，拿起一張日本產地直銷的情色光碟，不好意思地走向櫃台結帳。

很台灣人的兩極化

・我喜歡看琳琅滿目的空白光碟片，有著許多炫奇的色澤。

生態，全集中在了這裡。於是，把網路上流傳的那則搶劫事件，以及我出捷運站時惶惶然的心情，放在此地也都理所當然了。

我最後買了兩張原版的圖檔光碟（老闆還送了我一張，鼓勵購買正版），但沒有買下另一個網頁程式軟體，因為太貴的緣故。

盜版的光碟，不盜版的回憶

我走出地下街，黃昏了，在空氣中嗅到許多的香味。原來是小攤子開始出現，賣起香噴噴的雞蛋糕、車輪餅和加蛋的印度餅。那些看起來像是初次擺攤賣衣服的學生，看見取締的警察還慌亂地收攤跑路，但這些餐車老闆顯然老神在在，動也不動，拿了一張罰單就當作全日護身符。

・什麼時候開始除了賣車以外，連賣電腦也得派出辣妹？

我忍不住買了東西吃，走在騎樓裡，目光停在一個紙箱上。紙箱上擺滿了自行列印的目錄，各式各樣的盜版光碟，任君選購。我很意外，原來，這個騎樓裡賣盜版軟體的根本不用偷偷摸摸。我邊吃東

・賣盜版軟體的人把型錄放在紙箱上，為了避免被抓到人，只有在你翻閱時，他才會從神祕的角落裡現身。

西，邊低頭瞄了瞄那些型錄，竟赫然發現我買不下手的那套上千元軟體，在這裡，只需要五百元。

這麼便宜？我竟然也開始擺盪在正邪之間了。

「看看喔，看看要什麼，我再去拿片子過來。」

大概基於「安全考量」，現場只擺目錄讓人選購。不過，當這個男生說完話，我抬頭看見低著頭的他時，忽然覺得他有些眼熟。我想我認識他吧。

幾個路人擠過來看目錄，他繼續低頭跟那些人叫賣。

我專心地看著他回想，卻在想到的那一剎那，看見有人匆忙跑來告知他「警察來了！」，他便慌亂緊張地把所有型錄塞進紙箱，一腳用力把紙箱踢到牆角，罵了一聲

「幹！」就一溜煙消失在我的眼前。

雖然還是記不起他的名字，可我終於想到他是誰了。

看著他消失在人來人往之中，我忽然回憶起那一年，國小六年級的課堂考試時，坐在我前面的他，忽然不堪其擾似的舉起右手，指著坐在他隔壁的同學，大聲地說：「老師！他作弊！他一直在抄我的考卷！」

·在出口瞥見這張感傷的貼紙。有多少人還掛念南投的重建工程呢？

搶救震災　台灣加油
請踴躍捐獻，幫助災民，重建家園。加油！加油！加油！

三種時態。

【東行】信義計畫區新商圈 <<捷運市政府站

一座大都會至少應該同時具備三種時態。

過去式，現在式，以及未來式。

大都會除了必須讓人感受到當下有一股蓬勃的脈動外，還必須有著豐厚而值得傳誦的歷史，而且更重要的是，這城市應該讓所有走進這裡的人們，都強烈地感受到她充滿希望，並在未來將呈現出更燦爛的樣貌。

集三種時態於一身的所在，才有可能散發出無敵的魅力，吸引眾人目光。

這是我看待世界上每一座都會，還存有多少生命力的準則。

我在時間的軸線上如此看待紐約、東京、吉隆坡、香港或是上海。

當然，我也是這麼檢驗台北的。

近年來，在文化保護意識的抬頭下，台北人漸漸對於舊有的歷史遺跡，無論是建築或是無形的記憶資產都比較懂得維護了，像是北投溫泉博物館、台北當代藝術館……等等，都被賦予了新的生命。

許多已經來不及保有的或許已隨風而

·一字排開的「信義新天地」咖啡座。

逝，但所幸現在開始做起，仍能讓城市裡碩果僅存的「過去式」特質顯影，並且還能從此刻去累積歷史。

至於「現在式」特質，在開發中的地方則是顯而易見的。雖然這些日子以來，台灣的政經混亂，景氣不好，從上海回到台北，的確令人感覺到台北那股脈動感薄弱了不少，但是因為大多數的人仍沒有放棄賺錢這項人生職志，所以全民動員起來，倒還不至於讓人覺得台北已陷入一灘死水。

那麼，過去式與現在式都勉強具備的台北，她的「未來式」又在哪裡呢？

有一天晚上，我搭著捷運從市政府站的地底鑽出時，我找到了答案。

台北的未來式，對我來說，就是這裡：新興的信義計畫區商圈。

還有空位，讓夢伸展的所在

那是我從繁華的大上海回來的三個月後了。大約是見識到老上海在短短不到十年間，脫胎換骨成了未來潛力無窮的新上海吧，所以，當我回到自己居住的城市時，看見鬧哄哄的政治醜聞，聽見許多與時代潮流脫節的政策決定，忽然質疑台北一直想致力

・百貨公司裡的美食天堂。

成為國際都會，然而當別人都在進步，我們的政客卻還在爭吵時，這座城市的未來式到底在哪裡？

這期間，台北經歷前所未有的水患，地鐵系統癱瘓數個月，很多街頭商家也遭受波及。因為交通受阻以及店面修復的緣故，原有的消費客源都悄悄轉移陣地，對當地的消費性商業影響不小。就像是以捷運代步的我，發現通往市政府的南港線有多久無法行駛，我竟然就有多久沒有到過那裡。

對於喜歡「視察」城市裡風貌變化的我而言，這簡直是不可思議的。

因此，當這條抵達信義商業區的捷運正式恢復通車時，說什麼我也要儘快抽空去走走。

那天晚上，我從市政府捷運站出站時，面對著前方商圈，竟佇立在原處看了好久好久。華燈初上的夜裡，寒流來襲，我裹著圍巾站在兩處建築預定地的臨時公園步道之間，並不覺得寒冷，反而令人感到興奮和溫暖。

由於隔了一段距離觀看的緣故，我聽不見商圈的繁雜聲音。可正是因為如此，眼前絢爛閃爍的多彩霓虹光束，以及一棟

・平日的美食街人潮不多，台北上班族多是在此吃完晚飯才回家。

棟坐落整齊、燈火通明的商圈建築，在靜靜的夜空下顯得愈發明亮迷幻。

身邊的兩處建築預定地，據說未來將是高島屋百貨信義店和另一個準備興建的shopping mall。左手邊是中油大樓，圓形帷幕玻璃內的燈光，正替換著彩虹色彩的圖案。我的前方是剛剛開幕的三越百貨新館，外牆上閃動著電視屏幕，透過打光，整座用色大膽的鋼骨建築，呈現出熱情的視覺感。往下走，一條用小燈泡拉滿天的走道通向三越舊館，然後，穿過Starbucks的戶外咖啡座，便來到華納威秀電影城、紐約·紐約購物中心、以及美食運動主題館Neo19。抬頭向右前方的天空看，我很驚訝那棟興建中的摩天樓，居然已經這麼高了。

・多麼有氣勢的飛天小女警啊！

日本政府建設台北城時，只打算建一個容納二十萬人的城市，所以當今的人口與建築早已過度密集了。台北不像曼哈頓有著簡單而整齊的棋盤式都市規劃，那些已經開發的紛亂街道、住商混合的狀況很難重新改

・很像太空站的影城外觀。

·夜裡熠熠發光的新光三越。

建與分類。

所以，一切剛起步的信義計畫區，彷彿就成為台北在市區裡，少數幾塊能夠有系統規劃的商圈地帶。它是一處台北人還能夠把夢伸展的地方。這種感覺很像是看見IKEA家具店裡的樣品屋時，都好想依樣畫葫蘆來改造自己的房間。可是，回到家裡卻發現若是想要這麼做，就必須先解決掉原有的東西，否則不是塞不下新家具，就是弄得四不

・拍下興建中的「台北101」金融大廈，見證它的成長。

像。因此，每一回都只好在心中渴想：給我一間空房間吧！什麼東西也不要有，那麼我就可以徹頭徹尾地打造一個新空間！

信義計畫區的一切都是新興的，所有的建設都在向明天邁進。雖然每一棟建築是獨立的個體，但在整體商圈的概念規劃下，這些建築的外觀造型與色彩設計卻是相容的。前陣子看見一篇報導，市政府為了整合這裡的消費體系，打算興建一條類似於香港金鐘廊的「有蓋行人陸橋」，連結各棟商場的出入口，好讓逛街的人潮動線更便利，就算下雨天也不用擔心。

一個人的精彩

這個屬於未來式的地方，不只歡迎群體活動，更適合單人行走。

這裡所散發的能量，足以讓「一個人」也能夠享受不無聊的日子。匆忙的都會生活，無論是學生或是上班族，每個人都愈來愈忙碌了。常常想約朋友去走走，吃個飯或看場電影，都不容易挪出互相有空的時間。所以，不如製造一些單人也能快樂生活的氛圍與環境吧！

比起其他的商圈，在信義計畫區裡，我發覺看見一個人自由自在地逛

・Starbucks已經變成地方是否繁華的證明了。

・三越A8館的設計者，是新光集團大老闆兒子在美國念建築的畢業製作。

街、吃飯、喝咖啡或看電影的機會是更多的。這恐怕該是一座大都會的時代趨勢。於是，我看見三越新館的美食街裡，特別規劃出一間間有著吧台的美饌主題店。幾乎沒有百貨公司的小吃街是這樣的座位格局。每間店面都不大，座子也很少，但對於一個人來說那樣的空間已經足夠了。每個不相識的人圍坐在店員的周邊用餐，倒像是坐在PUB的吧台上喝酒的感覺，一個人也快活。

如果吃不飽，日本壽司老店販賣的單人便當，絕對可以滿足一個人的口腹之欲。實際上，我每次都吃飽了，但經過這間老店，看見玻璃櫃裡販賣的押壽司、卷壽司、花壽司，還有熱煙裊裊的日本米飯時，總還是會被那色彩豐富卻又極簡風格的食物給吸引住。好吧，忍著不吃吧，我告訴自己。可惜，一走進日本百年老店食品精選區「暖簾街」的時候又流連忘返

・我喜歡這間在三越百貨裡的日本料理，有好吃的壽司和米飯。

・紐約紐約購物中心讓信義區的夜晚更加燦亮。

了。在這裡不難發現「暖簾街」所販賣的甜品或飲料，小巧精緻得似乎也很適合一個人的品嚐容量。

不管是三越百貨舊館，或是紐約．紐約購物中心的Starbucks，往往都能見到一個人坐在露天咖啡座裡看書、聽音樂、寫東西、玩PDA和敲打手提電腦。

因為令人感覺到心安和舒服，所以才有可能讓一個人即使沒有朋友相伴，亦能如此安靜而自在地做著自己喜歡的事情。

一個具備未來式的都會，許多活動和設施必定都將考量到單人生活。

所以，你可以在假日

・如果來華納看電影，一定會來買這家的櫻桃檸檬樂。

時到世界貿易中心看場展覽；下班了，去亞力山大健身中心運動；下午上課前，跑去華納威秀看一場早場電影；下課後，走進新舞台藝文表演場所欣賞一齣戲。

兩個人以上的陪伴很歡愉，但一個人也享有多采多姿的權利。

過去累積未來；未來延續過去

幾乎每一座大城市，每到十二月三十一日跨年時分，總會有一個地點搖身一變，聚集成千上萬的民眾倒數計時，共同迎接新年。在台北規模最大的跨年聚會活動，莫過於市政府前的封街跨年晚會了。一起與心愛的朋友在這裡看偶像表演，跟著上萬的歌迷放聲高歌，最後，在聲勢浩大的倒數計時中祝福彼此。因為集體力量的感染，心情想要

・新開的Neo19，除了衣服和美食，還有健身中心旗艦店。

不激動也很難。

我曾有幾次親身的經歷，但印象最深刻的倒不是炫奇的舞台演出和激昂的倒數計時，而是人潮散去以後，我和一行友人因為招不到計程車，只好徒步遠離信義計畫區。走在墨黑的深夜裡，一路上都只剩下盡興而歸的人群。每個人的臉上都充滿了喜悅，雖然彼此是陌生的，但是在那一刻，當我們迎面而過時，都會熱情而主動地向對方道一聲：「新年快樂！」

在祝福之中，毀壞的過去已然遠走，而未知的明天永遠新鮮。信義計畫區，彷彿開啟時光的樞紐。

・利用建築來做立體的電影宣傳，很有趣。

其實，昔日的信義計畫區，與小時候的我，幾乎沒有太緊密的關係。除了曾跟父母親前往世貿中心看過展覽，還有因為家裡的姊姊曾在震旦大樓工作，所以去過那時還在地下室只賣藝術專書的老誠品之外，沒有過多的地緣情感。

可是，我對這裡的感情，在這五年當中是與日俱增的。

從小去世貿逛著逛著，沒想到有一天

・假日時分，信義新天地會有很多結合親子活動的商業促銷party。

長大以後，書展裡會販售起自己的書，甚至還能和志同道合的寫作朋友一起舉辦活動。消費娛樂商圈的興起，讓我和朋友們更頻繁地流連在這裡，累積了許多珍重的回憶。

這些過去累積了未來；那些未來延續了過去。

於是，我明白一座大都會，應該同時具備三種時態。

站在三種時態的交叉路口上，我的回憶和希望才能在這座城市裡，找到自己該走的方向。

親水
露天溫泉浴池
東尼体育事業有限公司
票價
平日20元
假日40元
謝絕參觀

泡湯時光。

【北躍】北投、陽明山溫泉鄉 <<捷運新北投站、石牌站

大部分的時候，我對於台北城總抱著樂觀的希望，但有時卻不免悲觀地認為，台北是一個可惜掉的城市。

這意謂著此城本來應該有條件變得更好的，卻因為某些元素而終究停留在原地，甚至倒退的程度令人感到可惜和遺憾。

比方說，台北有許多日據時代所建造的神社和橋樑，直至今日應該會變成美麗的歷史古蹟，但卻因為政治因素或民族情節而早被拆光了，只留下幾張黑白老照片以資想念；又比如，台北是個被水環抱的城市，理應像世界上許多大城市一樣，有著得天獨厚的觀光環境，然而臭掉的淡水河和基隆河，卻在台北人眼裡變成一條橫亙在城裡的水怪，颱風來時就會狠狠翻身，水漫街道。

每當我這樣想著，都會問自己，那麼台北相較於其他城市，究竟還有什麼獨特性足以吸引我，倘若有一天我離開了這裡，會思念這裡呢？

我想，那應該會是台北的溫泉吧。

在台北盆地邊緣的北投和陽明山上，

·新北投捷運站帶我們走進溫泉鄉。

繁多的溫泉餐廳和旅館，距離市區都近在咫尺，只要心中動了想泡湯的念頭，無論搭公車騎機車或開車，半小時以內大約都能實現。在這麼短暫的時間裡，就能獲得一次身心放鬆的享受，是一種多麼唾手可得的小小幸福啊！

溫泉與小孩

在我的記憶裡，我的童年泡湯經驗，僅止於跟著家人在昔日的北投溫泉公園裡煮溫泉蛋

吧。小朋友大多是不喜歡，甚至是討厭泡湯的。我真真實實地調查和訪問過許多小朋友們，他們一致的答案都是不明白大人為什麼要把身體放進滾燙的水中浸泡，像是火鍋裡的蝦子一樣。小孩子的皮膚敏感，抗熱性差，泡湯對他們來說的確是一件痛苦的事情。雖然有時候，可能會在一些親子溫泉區裡看見小孩子玩得開心，但肯定因為池水的溫泉是被稀釋過的，溫度也不高，穿著泳衣的他們只不過當作是在游泳池裡玩耍罷了。

小時候喜歡跟家人去北投溫泉鄉，除了覺得煮溫泉蛋很好玩之外，最吸引我的就是那裡總有許多路邊的攤子。攤販雖然看起來破

·小時候這裡多麼風光熱鬧呀，如今卻凋敝不堪。

・小時候都會來這裡煮蛋的地熱谷，現在只能泡腳不能煮蛋。

舊，可是賣的東西卻很琳瑯滿目。天氣寒冷的時候，我常常嚷著爸媽向他們討一支烤香腸、烤大腸來吃，或者從硫磺谷裡走出來以後，我喜歡站在販賣飲料的攤子前，掏出小手，伸進堆滿冰塊的塑膠桶裡，挑一罐沁涼的飲料。童年出外遊玩時，總覺得這樣販賣的飲料比放在冰櫃裡的更可口。

國小六年級的時候，我曾經認識一個同學叫東漢，他是跟著爸媽從馬來西亞過來台北定居的。同學們對他的印象，大都來自於他常說一些馬來西亞式的普通話用詞，可是我好奇的卻是他很酷愛溫泉。

記得有一段時間，經常在傍晚放學時，會看見東漢的媽媽在校門口等他。已經快要國小畢業了，其實很少會有父母來學校接送孩子的，因此東漢很自然就變成了班上的焦點。有些愛嬉鬧的同學開始玩笑似地說，東漢長那麼大了原來還沒有斷奶啊，而東漢卻總是沉默地快步走向媽媽身邊，拉著媽媽離開校門。

後來，我跟東漢熟識了以後，才知道每當東漢的母親出現時，就代表他們家今天要上山洗溫泉了。如今想來是多麼特殊的一種家庭聚會啊，然而，對於當時還根本不懂得泡湯的我來說，實在很難想像，怎麼會小孩子喜歡泡湯呢？

・通向新北投的捷運列車。

關於我的疑問，東漢很驕傲地向我解釋：「泡湯多有趣啊！你不知道我們大馬成年是夏天啊，連戴圍巾的機會都沒有，更不要說是洗溫泉了！」

・假日北投，一群喜歡擊鼓的孩子，準備擊響青春的樂章。

泡湯無國界

泡湯的有趣，我是念大學以後才漸漸感受到的。

這時候的北投公園，早就因為顧慮安全的問題而禁止烹煮溫泉蛋了，路邊的攤販也不再那麼吸引我，我前往溫泉鄉的方向由北投公園移轉到了陽明山和北投的行義路。大學時的校園就在陽明山山腳邊，冬天的時候，偶爾便會夥同同學騎車上山洗溫泉。在夜裡騎機車上陽明山的馬槽泡湯，是一段很遙遠而艱辛的路途。由於深山霧氣重重，總是飄著小雨，還沒有騎到溫泉鄉，身體已經先被雨水洗過一回了。學生時代，這種極為困苦的活動，往往卻是覺得有趣的。

我喜歡上泡湯的理由非常純粹，因為我開始很能享受身體

・通向溫泉博物館的休閒步道。

・整治過後的北投公園有了日式風味，更有泡湯風情。

浸在霧氣氤氳的泉水裡放鬆身心，讓毛細孔在水裡水外展開一次次的深呼吸。

台灣近年來泡湯文化開始風行，恐怕跟日本脫離不了關係。實際上台灣的溫泉，最早也是在日據時代由日本人所開發的，阿公阿媽一輩的老人家，對於溫泉是不陌生的。只不過從前台灣所謂的泡湯，比較接近於浴場裡的洗澡，而泡湯是沐浴後的附屬，休閒的成份並不大。直至近幾年來，大家開始懂得休憩和身心保健的觀念，再加上「哈日」的風潮，以及電視台不斷播送著介紹溫泉祕湯的日本節目，於是日本人對於溫泉的專業化、歷史化、精緻化和崇敬化，融合進了我們的觀念以後，彷彿泡湯才再度興盛起來。

喜歡泡湯的年齡層不再是阿公阿媽了，變成我們這一輩的年輕人。

台北幾個熱門的溫泉餐廳，每到寒流來襲的下班時刻或是週末假日的夜晚，總是擠滿了人潮，有時連停車都一位難尋。台北人都愛上了泡湯，因此，久違的朋友在溫泉池裡「坦誠相見」也就不是一件新鮮事了。

我和東漢自國小畢業後就鮮少聯絡，如今不期而遇的場景便是溫泉。

我認人的能力差得可以，但這一次竟然是我先認出東漢來的。

「這麼好認？難道我二十幾歲的身材跟小學時一模一樣，一點長進都沒有嗎？」東漢開玩笑地問。

「我坐在你對面，很難不注意到你這一張滿足的臉。你對溫泉的狂戀，果然都寫在臉

·老舊的溫泉浴場。

上。」我說。

我和東漢原來都在士林念大學；我念東吳，他念銘傳。他的學校雖然距離陽明山比較遠，但是他上山的次數比我頻繁得許多。冬令季節，他每個星期都至少會有一天來泡湯。他不但泡台北的湯，在我們沒有聯絡的這幾年裡，他早就泡遍了台灣各地的溫泉，甚至還遠征到了日本東京。

可能是太久沒有見面了，彼此都顯得有些生疏，過問太多私事顯得尷尬和冒失，於是話題就只好一直繞在泡湯和旅行上面。

東漢滔滔不絕地跟我比較著台北、宜蘭礁溪、廬山、台東知本和日本東京各地溫泉的差別，漸漸對泡湯有興趣的我，聽得很入神。大部分時候，我只是個聽衆，不過若是有些地方我也去過，就會很投入地跟他討論起來。

「都是和家人一起去嗎？」

我想起小時候，東漢總喜歡和家人去泡湯。

東漢沉默了一會兒，搖搖頭。然後，他像是轉移話題似的，又開始跟我介紹起各地的溫泉飯店。

那天晚上，我們兩個人在「川湯」大衆

·出售溫泉別墅的移動廣告。

・總覺得泡湯的地方，還是要有日式風格才有風味。

池的星空下聊了很久。離開的時候，我們在手機中輸入了彼此的電話號碼。可是，我知道我們從來也不是多麼知心的摯友，在溫泉池裡的偶然相遇，或許就只是偶然而已。至於交換手機號碼，僅僅是一種禮貌上的交際和儀式吧，並不是真的要拿來打電話的。

不知道為什麼，我總覺得眼前的這個男人有些陌生，我熟悉的仍是那一個在校門口和媽媽牽著手，消失在夕陽裡的小男生。

霧氣繚繞的不真實感

接下來的日子，我竟然也開始泡遍各地的溫泉。

除了台北、礁溪、蘆山和台東以外，我甚至還去過綠島的朝日溫泉，也到過日本的北海道泡湯。我喜歡礁溪透明水感的溫泉，據說這裡的溫泉有「美人湯」之稱，無色無味，對於皮膚特別好；我也特別鍾愛台東知本老爺酒店的溫泉，這裡的溫泉帶著一些乳白色的色澤，是漂浮在水面上的礦物質，當身體離開泉水裡以後，膚質會因此變得極為細緻和滑嫩。至於日本北海道的湯，各地都有不同的質感，不過對我而言，朝聖的意味以及體驗道地的日本溫泉氣氛，似乎比溫泉水質本身來得更重要一些吧。

我喜歡日本的溫泉鄉，對於北海道的「登別溫泉」印象特別深刻。日本人把這裡規劃成一座鬼都，街道上矗立著各種溫泉鬼石雕，都是很可愛的形象。那日旅行到登別時，恰好已經入夜了，我走在夜晚的溫泉街上感受到霧氣瀰漫，看見店家外頭張燈結綵著紅色燈籠，而旅人們則穿著和式浴衣走在街上，流動著一股很歡騰的氣氛。可是，第二天一早，豔陽高照之下霧氣全散去了，店家拉下大門，旅人也不見蹤影，整條溫泉街頓時變成一座空城。我和朋友走在昨夜經過的路上，有一種很不真實的感覺。以為自己走進了電影「神隱少女」的溫泉鄉裡，昨夜一切都是夢境。

台北的溫泉鄉當然沒辦法跟日本相提並論，氣氛也差得太多，不過那股霧氣繚繞的不真實感覺，在馬槽的「花藝村」倒也能夠感受得到。

陽明山的馬槽花藝村溫泉，依山

・很像「神隱少女」裡的夢幻湯屋。

・和風木橋，連結了過去和現在。

坡的高低分別開鑿了許多的戶外溫泉池，有些池子是以溫度來區分的，有些則是以大小來區別，佔地規模很龐大。因為溫泉的位置處在深山裡，夜晚時分，水霧和溫泉的熱氣同時氤氳著，大家的臉龐與身體都變得模糊了，加上談笑聲四處擴散，場面顯得特別迷幻。

大部分在台北的溫泉都像日本一樣，必須褪盡衣衫入水，剛開始或許很不習慣，但久而久之，我反而不能忍受泡湯還要穿著泳褲的規定。我想不透，在溫泉裡穿著泳衣和泳褲，怎麼能夠讓身體完全無負擔地放鬆呢？

不過，每個人泡湯的目的都不同吧，所以期望與需求也就不一樣了。

「泡湯人」的種類與目的

絕大部分的「泡湯人」應該是和我一樣的，幾個朋友相約，專門為了泡湯而去泡湯。但是也有不少人，泡湯只是「意思一下」的行為，因為在溫泉餐廳裡用餐才是他們主要的目的。這類型的人通常是採大家族行動的，全家包下一個包廂，大家用餐完各自輪流去泡湯。可是因為人數眾多，大家扶老攜少，彼此照顧來照顧去的，全部輪流完的時間非常驚人，所以最後總會有不愛暴露身材的媽媽和阿姨，自動放棄泡湯的權利。因此，包廂裡的

・戶外公共浴場裡和樂的親子圖。這是令東漢羨慕的畫面吧？

高談闊論以及唱KTV是必須的，即使有人沒泡到湯，此行也不會感到遺憾了。

泡湯有時也成為一種交際聯誼。倘若去泡湯時，恰好遇上某某中小企業的公司週年慶，老闆招待員工用餐洗溫泉，那麼很不幸，那天溫泉池裡就會變成西門町鬧區，擁擠得恐怖。但是，最觸目驚心的是他們往往是滿嘴酒味「下海」，並且毫不留情地展露出酒足飯飽後的中年人臃腫身材。我每每看到這一幕，都會提心弔膽地提醒自己，十幾年後絕對不可以變成這個模樣，歲月太殘酷了。

我難以接受的泡湯人類型，是在溫泉池裡抽菸的人。我總認為這樣會破壞泡湯的空氣和環境，大約就跟在咖啡館裡只聞得到煙味卻聞不見咖啡香一樣，都是我不大能理解的。不過，這只是到難以接受的程度而已，還有另外兩種泡湯人則是到了不可原諒的地步。第一種是不先淋浴就跳進大眾池裡的人，我懷疑這種人是把泡湯當消毒的嗎？一點衛生觀念都沒有。第二種是在溫泉池裡偷偷小便的人。小孩子討厭洗溫泉，但有時大人偏偏愛逼小孩子下水，他們一泡在熱水裡難免失禁，等到大人發現時，他們也已經解放完畢了。所以泡溫泉時，最好離表情怪異的小孩遠一點。但可不要以為只有小孩子才會這麼做，有些沒公德心的大人也會幹出這種事情來。說到底，愈少人泡湯的環境，大概是愈安全的吧。

・溫泉博物館，歡迎光臨。

日本暢銷小說《失樂園》裡有描述情人在溫泉池裡做愛的場景，點破了溫泉跟情慾流動的曖昧關係。時有所聞，有些同志

・男湯，女湯。

對於愈多人的溫泉愈感興趣，大概是因為人心不容易看清，但在溫泉池裡至少可以先把外表從頭到尾看個仔細吧，泡湯於是變成了一個「認識朋友」的環境。異性戀人的交往過程裡，溫泉也常常具備指標性的意義。關於這一點，東漢是絕佳的代表範例。

很久以後，我和東漢的第二次相遇，竟然還是與溫泉有關。

這一次我們可都是有穿衣服的。我和一大群朋友前往「天籟」溫泉會館度假，在會館後面的休閒草坪上遇見他。我對於東漢和溫泉，始終還停留在他和家人泡湯的畫面上，所以見到他摟著一個豔麗的女孩子，我顯得有些意外。那女孩見我們是老同學，向我打了招呼後就先離開，想讓我們好好聊聊。

「帶女朋友來度假？」我問東漢。

「好尷尬，我還在想會不會碰到認識的人哩。」

「在觀光地碰見熟人，不用太驚訝吧。」我說。

「是因為這是我的第一次，處男泡。」

我失笑：「好難聽啊，你。」

「我說真的，第一次請她來溫泉飯店泡湯，第一次跟她過夜。」

「我真不敢相信，溫泉在你心中這麼有意義。連第一次跟女孩子過夜，都要來溫泉旅館。」

「很多人都這樣的，你不知道？跟女孩

・行義路上的溫泉鄉早已搶過新北投的風采。

子交往的進度，應該以陽明山的溫泉為標準：從『川湯』、『花藝村』到『天籟』。」

「愈來愈貴？」我問。

「不是。剛交往時，就去山腳的『川湯』，吃飯是重點，然後各自去大衆池泡湯；進一步以後，就上山去『花藝村』，如果氣氛好又有空位的話，兩個人就可以進個人池，但是要相敬如賓，女孩子會覺得男孩子很懂事；等到對方完全信任你以後，就可以來『天籟』過夜了。」

「該不會是你小時候，在家庭泡湯的聚會裡學到的吧？」我笑著說。

他看著我，只是微微笑著，沒有說話。

東漢怎麼回事呢？是第一次跟女孩過夜顯得緊張，還是我說錯了什麼？

「你換手機號碼了嗎？」他問我。

我搖頭。東漢給了我他的手機新號碼。我把將近兩年，從沒有打過一次的他的舊號碼給覆蓋過去。

我以為我們和上次一樣，道別就不會再聯絡了，沒想到，一個多月以後的某天晚上，我下班後接到他的來電。他的聲音聽來很虛弱、很沮喪。

「我可以幫上什麼忙嗎？」我知道一定發生了什麼事情。

「一起去泡湯，好不好？」他問。

雖然我手邊還有些事情，應該回家處理完畢，可是見他心情低落，還是答應了他。東漢騎著機車，載我來到川湯。一直到我們

・吃，是溫泉餐廳裡很重要的元素。這是溫泉餐廳裡忙碌的廚師。

離開為止，東漢都沒有開口說起他今天發生了什麼事情。我想，他或許不願多談，只是想找個朋友說話解解悶吧，所以我也沒有主動多問。就在機車快要騎到天母時，東漢忽然把車停下來，驚愕地說：「我的手錶！忘在溫泉那裡了！」

「我們回去拿吧！」

可惜，我們回到川湯，找遍所有東漢可能遺落手錶的地方，問遍所有工作人員，都沒有手錶的蹤影。原本就很沮喪的東漢，此刻更加絕望了。

為了平撫東漢的情緒，下山以後，我請他喝咖啡，再多陪他聊聊。天母的Starbucks就要打烊了，我們帶著咖啡坐到路邊的台階上。不發一語的東漢，很令我不知所措。我猜想，東漢今天情緒低落大約是因為女朋友的關係吧，而那支不見的手錶，應該也是女朋友送的。

「我跟我女朋友今天分手。」東漢忽然開口說。

・在川湯遇見熟人是很正常的；我在川湯便遇見東漢。

「手錶是你們的定情之物？」我問。

「不是，那是我爸爸的手錶。是我媽留給我的。他說我若是一直戴著，也許有一天，我遇見我爸了，認不出他來，他見到手錶可能也會認得出我。沒想到今天夠倒楣，不但被女朋友甩了，現在連手錶跟爸爸都一起不見了。」

東漢竟然告訴我，小時候，他從來沒跟家人一起洗過溫泉。

媽媽的確常帶著他去溫泉那裡，但不是

・瀧乃湯溫泉保有了日本時代的風味，可是非常破舊，沒有年輕人願意光顧。

跟爸爸會合，而是去找經常流連在各地溫泉鄉而不顧家的爸爸，向他乞求一些生活費。

「小時候，我因此討厭死溫泉了，比你們都還要討厭。」

東漢說，那些說什麼大馬人特別喜歡泡湯的話，都是他編造的。

後來，直到他媽媽自力更生，而東漢也學會打工賺錢以後，他對溫泉才不那麼厭惡。那年，我在溫泉池裡與他重逢時，其實正是他第一次面對溫泉。

「那麼，那晚，你跟我比較的那些溫泉……」我驚訝得快說不出來了。

「當時你一直問，認定我真是個『溫泉通』，我只好說下去了。大概我自己心裡也有鬼吧，怕你問起小時候的事情，當時我還不是很能坦然面對過去，所以乾脆繼續說謊。至於那些資訊，旅遊書上都有寫，不是嗎？」他繼續說：

「看來，去了『天籟』並不能保證跟女朋友一帆風順。我大概還是跟溫泉很沒有緣份吧。如今，手錶也弄丟了……」

「別難過了。」我安慰他。

可是，此刻我也挺需要人來安慰的。這麼多年來，我始終沒有認識東漢。他的故事，他的背景，好像活在溫泉池水裡，被氤氳的熱氣包裹著，很難看清。或者，是我被包裹在朦朧的霧氣裡呢？

東漢將我載到捷運站，我跟他道別。

我看著他的機車消失在昏暗的馬路上，反覆想著他的人和他的話，我忽然很懷疑，我剛才是不是真的和他一起去泡過湯？

SISLEY
SISLEY
nautica

慢動作。

【北躍】天母地區〈〈捷運芝山站、石牌站

自從大學畢業以後，到天母的機會就大大減少了。

在我的大學時代，士林和天母是距離校園最近的兩處活動腹地。這兩個地方的屬性很不同，消費的方式也不一樣。前者的街市因為集中在士林夜市，所以大多是平民化的消費，而後者相較之下，大多是價位高檔的商家和餐廳，所以在當時窮學生的眼裡算是高級的商圈。雖然如此，作為學生的本能就是去發掘物美價廉的消費所在，因此我們總還是能在天母找到令人流連忘返的地方。

大學和研究所畢業以後，生活範圍不再靠近天母，加上雖然捷運開通了，但是卻沒有真正深入天母的鬧區裡，因此對於不再騎乘機車的我來說，前往天母的交通實在不方便，到天母的機會就愈來愈少了。

去一趟天母從來就不是順路的，不像是抵達或經過公館、東區或台北車站如此的便捷和輕鬆；去一趟天母一直都是必須刻意的，必須要有著強大的誘因，而這個誘因顯然多年來未曾改變，那就是吃和消費了。

記憶裡的停格畫面

因為與朋友相約喝下午茶，我在某個週六的午后特地來到天母。

我們約在中山北路與天母西路的交叉口，麥當勞附近的一間咖啡館見面。很久沒有來天母了，下午茶結束與朋友道別以後，我看時間尚早，於是決定一個人四處走走，看看這裡變化有多少。

．美式風味濃厚的成衣店。

許多跟天母相關的記憶和故事，都發生在大學時代，那些回憶在腦海裡像是停格的畫面，當我重回現場時，一張張緩緩地播放出來。以天母西路麥當勞為中心點的商圈，當時是我和同學最常出沒的地方。麥當勞前面的狹小空地，固定有販賣成衣的地攤，賣的都是分不清究竟是真還是假的名牌服飾。若不是太講究的話，把這裡的衣服當作家居服，還是挺耐穿的。麥當勞對面是Starbucks Coffee，規模不大，但往往門庭若市，空間感也不似其他店面來得好，而且每逢假日時總一位難求。雖然如此，這間咖啡店對喜歡這個

．天母以眾多的二手服飾店聞名。

品牌的顧客來說（其實就是我本人），還是有很重要的意義，因為它是台灣第一間營業的Starbucks Coffee。

天母西路上整排的服飾店，其中有一路段的商家是沒有騎樓的建築，販售著高檔價位的名牌服飾。店裡除了好看的衣服之外，挑高的空間格局也是吸引人的，穿梭在這些店家之間，很令人感到心曠神怡，堪稱是昔日台北逛街地圖裡數一數二的美麗地段。尤其天母聚集了許多美國人和日本人，而美國學校和日橋學校都在附近，所以街上總有許

・咖啡館的招牌是吸引顧客的首要條件。

多外國人來往，為此地增添不少異國風情。

然而，事隔多日，此刻我再次行走於這條路上的時候，卻失去了昔日的感覺。令我驚訝的是，今日的天母西路竟顯得有些凋敝。不知道是否因為景氣不佳的關係，有許多店家和餐廳都關門了，相較於信義計畫區和西門町，天母西路的街上沒有太多人。就連過去曾讓我們讚嘆的那排名牌服飾店，如今看來居然建築也顯得老舊了。我想，是因為現在的台北，有更多新穎流行的商圈興起或者汰舊換新了，整體的逛街機能非常完善，要有什麼就有什麼，而且那裡交通實在比天母方便許多，於是這裡慢慢沒落也是很自然的吧。

大學時常去光顧的幾間鍾愛的店家，這些年來早就一間間消失了，只在我的記憶裡像一張張停格的幻燈片。

麥當勞後面有一個專門拍攝大頭貼的地方，那裡曾經是一間日本Mr. Friendly的直營店。有許多各式各樣可愛的Mr. Friendly

·天母西路與中山北路交接的圓環商圈。

品牌物件和文具，都能夠在這裡買到。情緒不好的時候，我喜歡來看Mr.Friendly垮著眉毛但依然保持笑臉的容顏，彷彿心情就會立刻好起來。因為他看起來這麼苦，但還是維持friendly的個性微笑示人，我很應該向他學習。最特別的是這裡有一個小吧台，外賣Mr.Friendly的飲料和人形燒，可以坐在店門口外的傘椅下享用甜點。情緒低落總需要一些甜點來提振精神的。可惜，現在這些都消失得無影無蹤，變成大頭貼工廠了。很少有人因為心情不好而去照大頭貼的吧，大頭貼機器前總站滿成群的好友和熱戀的情侶。當他們心情不好而無所適從的時候，恐怕不會想到這個讓他們快樂的地方，曾經也可以治癒他們的憂傷。

說到大頭貼，我曾經在一篇小說〈騎樓裡飛翔〉裡提到過一台能夠與歌手「無印良品」合影的大頭貼機器，結果有一些可愛

·雖然櫥窗仍然美麗，但天母西路已不復往年的熱鬧了。

·天母有許多裝潢特殊的個性服飾店。

的讀者來信，並不打算與我分享他們的讀後心得，只是希望我能告訴他們這台機器的下落，還說無論有多遠，都一定要找到。其實這台機器就在那間Mr.Friendly遺址的對面，一間木製裝潢的服飾店騎樓下，可惜它只出現了一段時間，之後就無影無蹤。這台機器出現和消失都很神祕，所幸我曾經親自留下見證，否則連自己都以為患了妄想症。

Mr.Friendly遺址的斜對角有一間7-eleven便利商店，商店的對面有一排搭建出來的小吃攤，過去曾有間日式燒烤店，我和朋友也經常光顧。我喜歡在冷冷的冬天來這裡吃烤肉串和小炒，並且喝一盅炭烤的滾熱香菇湯。這間攤子的老闆對我們特別好，知道我們是學生以後，經常都會附送一道菜給我們。其實一盤菜的成本並不多，可是因為如此，老闆卻「擄獲」了我們對他的忠誠。當然，這間店如今也僅能在回憶中出現了。同樣的地點現在仍然有小吃攤子，但是老闆已經不是原來的那一個，曾經的美味也煙消雲散了。

還有一間消失得令人感到十分遺憾的店面，就是位於中山北路七段巷子裡的「吃吃喝喝」餐飲店。這間很美式風味的餐廳，最著名的莫過於它是以「公車」作為裝潢號召。店門口放了一只公車站牌，而店內則實實在在地放了「半輛」公車，公車裡的位子全都改成了咖啡座椅，於是我們可以靠在公車窗口，好像真的行駛在公路上面似的欣賞風景那樣，愉快地聊天喝咖啡。

現在雖然再無法乘上這班公車了，但所幸那些回憶依舊沒有走遠。

國籍 萬花筒

每一個台北的大學生，大約都有追逐金馬影展的經驗。彷彿這是文藝青年絕對要做的事情之一。過去放映獨立製片的電影院和民間舉行影展的機會並不多，只有每逢金馬影展來到時，影迷們才有機會看到非商業性的片子。

然而，因為票額有限的緣故，間間沒事的學生們總會在賣票的第一天，就到指定購票處大排長龍去搶票。那時候，我在學校參加的文藝研究社，每個社員都幾乎像著了魔似的去漏夜排隊。我雖然從來沒有培養過什麼看影展的興趣，但是被集體的氣息感染了，竟然也拼了命地去接力排隊，一口氣買了好幾十張電影票，可時至今日，卻根本忘了大部分看過哪些片子。

那時候我們選定購票的據點，就是在天母Mr. Friendly對面小吃攤旁的金石堂書店。這間金石堂因為地點比較偏遠，搶票的人潮會少一些，我們就在這裡排隊，等到店員開機售票。搶票除了要搶過本校學生以外，還要嚴防方圓百里之內的其他大學學生，除此之外，那種不用上班的SOHO族的實力也不容小覷。還好，我們總有熱情指數百

・Sayonara Bus！再會了，「吃吃喝喝」！

・聚集在天母西路上的地攤是不可缺少的風景。

分百的同學，他們會早在前一天晚上就來排隊，投入的程度不亞於現在為了排隊一睹日本傑尼斯家族的歌迷。

我就是在這個場合裡認識學姊Sandy的。

雖然說是在這裡認識的，但實際上我和Sandy早就互相知道彼此了。我們兩個人各自所屬的社團，是同一間社團辦公室的隔壁鄰居，常常都會見到對方，只是從來沒有交談過。然而，我對她並不陌生，因為關於她的傳聞，始終流傳在學校之中。那些流言都不是些好聽的話語。許多人都說，Sandy很高傲而且是個很「哈」西方男人的女生，經常流連往返在天母的pub裡想要認識外國人，還說她的感情生活很隨便，換男人跟換衣服一樣迅速和簡單。

那天在金石堂見到她，她正是和一個高大英挺的西方男人在一起。他們也在購買影展的票券，排在我的前頭，因為買了許多的票，拖延不少時間，以致於我身後的同學都顯得不耐煩，紛紛開始嘀咕抱怨著。其中，不免也有人拿Sandy對西方人的「好感」來開玩笑。過了一會兒，終於有人忍不住在隊伍後面向前喊叫了：「喂！小姐！快二十分鐘了！妳快點行不行啊！」

我緊張地轉身看，發現原來不是我們社團的同學，是陌生的中年人。可是此話一出，卻鼓動了我們社團同學不安的情緒，他們的抱怨更大聲了。

Sandy總算買完票了。沒想到，當Sandy挽著男友轉身準備離去時，剛才那位指責她的男人又沒好氣地對她說：「拜託！顧慮一下後面排隊的人好嗎！」

看得出來Sandy有

・因為洋蔥牛排館，我願意特地來一趟天母。

些不悅，但她還是忍著情緒說：

「先生，其實你不用對我這麼兇的。如果我是店長，我很願意為你買十台電腦來賣票，可惜我也只是個來排隊買票的人而已。」

大家頓時一片沉默，只見Sandy牽著男友準備離去。可是她一不小心竟踩到了我的腳，我叫出聲來，Sandy發現了立刻向我道歉。她道歉的臉色和語氣，完全不同於方才的態度。她和善得令我有些意外。

「喂！你怎麼不生氣呀！她踩到你耶！」我身後的同學在一旁說：

「裝冷酷！幹嘛呀，有外國人在身邊就這麼跩喲！」

另一個同學跟著應和說：「當然跩囉，我記得前兩天看見她牽著的人，還不是這個外國人咧！又買『新衣服』啦！」

我聽著同學們對她的流言蜚語，看著Sandy和她男友遠走的背影時，總覺得在她堅強的身影裡有著一絲絲不被人了解的落寞。

・台北最美麗的Haagen-Dazs冰淇淋店。

買完票以後，我散步去中山北路七段的誠品書店。書店旁的T.G.I. Friday's餐廳門口聚集了一群帶著滑板的美國年輕人，書店一樓的服飾店則有日本人在購物，我經過他們走上二樓的書店，看見也有不少外國人正在閱讀英文書報雜誌。天母果真是一個

‧人文色彩濃厚的「天母書廬」書店，
也有一股慢動作的氣質。

「國籍萬花筒」，很多不同國籍的外國友人居住在此地，讓這個區域的文化豐富得正像是萬花筒一樣多采多姿。

結帳的時候，我看見Sandy和她的男友。這次換成他們在我的身後了。我和Sandy對看到彼此時都有些訝異。當我還在考慮該不該跟她打招呼的時候，Sandy主動地開口了。她對我說：「Sorry，剛剛很不好意思。」

「沒有關係。人有失蹄，馬有失神。」我說。

「這句成語，顛倒了吧？」她問。

「這樣才能顯得更慌亂的樣子嘛。」我解釋。

她忍不住笑起來，一旁的男友聽不明白，Sandy於是解釋給他聽，他也笑了起來。我看著他們兩個人，覺得他們是很恩愛的啊，忽然不明白為什麼總有許多對她不利的流言旋繞著，也很難相信Sandy會是經常更換外國男友的女孩。

自始至終，西方人在台灣人或是亞洲人眼裡，從來就是特別突出的吧。於是跟外國人在一起的另一半，也經常受到某些人特別的「關愛」。

‧沒有想到快門按下不久以後，誠品天母中山店便宣布關門大吉。誠品人心目中的「老誠品」正式走入歷史。

・忠誠店的佈置常和天母的特性作為結合。

除了在天母西路麥當勞商圈和那間Starbucks裡，總能見到許多外國人之外，這間誠品書店以及沿著中山北路七段的二手服飾店和餐廳，也是外國朋友在天母的逛街地帶。假日時分，常會見到情侶相伴，或是夫妻推著嬰兒車隨意走走，至於平常下課的時候，街上則走動著很多美國與日橋學校的學生。

他們和一般台灣的學生很不同。因為族群、國籍、身分、語言和經濟狀況等等因素綜合在身上，使得他們雖然在台北唸書，但其實過著是跟一般同年齡的台灣學生迥異的生活。曾經聽朋友對於在天母的外國朋友有一番見解。他們可以粗略分成兩種人，有些人很能融入台北，喜歡台灣的一切，愛跟台灣人做朋友；另一些卻習慣包裹在自己的文化裡，第二天若能離開也不大眷戀。至於看待他們的人可以分成三種，一種是沒感覺的人，認為彼此井水不犯河水；另一種是不喜歡的人，多半靠著一些預設立場

・過去是「台北神話」的知名PUB，如今也消失成遠去的神話，變成一間名牌服飾店。

外加一點國族主義，很容易一點小事情就用「外國人」三個字來定罪他們；最後一種人就是學校裡傳言Sandy這種個性的人，覺得外國人的月亮比較圓，連說出的髒話都很甜。

究竟是不是如此呢？或許每個人，遇見另一個人的運氣都不同吧，而我們很容易因為一件個案就以偏概全。其實，聽著別人的「分析」並不代表就會是自己的感受。就像我從來也不覺得，Sandy真的就是大家口中那樣的一個女孩。

・終於完工的天母棒球場。

我和天母的慢動作

我和Sandy經過那天以後，依舊沒有特別熟識，在社團辦公室遇見了，也不會刻意聊天。不過，我們開始會簡單地向彼此微笑點頭打招呼。日子一久，寒暄和問候的話語總算累積得多一些了。

關於Sandy的八卦流言，直到她畢業時才有漸漸減緩之勢。在此之前，我的確曾好幾次看見她，分別跟不同的外國男孩子在一起過。那日在金石堂和誠品看見的那個西方人，早就不知道去了哪裡。Sandy和他們的互動都很親暱，可是，他們究竟是不是男女朋友的關係，我其實看得也很模糊。

總之，我和Sandy的關係，直至她畢業前，都處在「陌生以上，熟識未滿」之間，恍若「慢動作」畫面一樣，似有進展，但實

・典型的住商混合。忠誠店剛開幕時引起該棟住戶強烈反彈，現在或許已經感受到便利性了。

際上又沒有多大的改變。

Sandy離開學校後，漸漸的，我便沒有再聽過有人討論起她。

往後的日子，我每逢一年一度的金馬影展購票，或是走在街頭看見異國情侶的時候，偶爾還會想到她。那時我才發現，我其實從來也不了解她。我對於她的認識，竟然最多還是停留在那些流言蜚語之上。有時候，我想若是當初我們熟稔了，說不定就可以真正瞭解她是個什麼樣的女孩子，證實那些不好的傳聞到底是不是真的。可惜，我們之間的慢動作在歲月中還是靜止下來了。

就像我和Sandy一樣，天母的高島屋商圈也是在慢動作場面裡緩緩變化。

我總覺得，這裡無論是建築、商業行為或是人，都以一種慢動作的方式進行。在高島屋逛街的人，明顯與台北其他的商圈不同，他們很悠閒，像是散步，整個節奏和氣氛都是和緩的，穿著打扮也不似西門町的人那麼前衛。這裡的商業進展也是慢動作的。店面增進得很緩慢，五、六年來都還是只有一間高島屋百貨公司和幾間營業了很久的美髮沙龍。此外，這裡的建築也汰舊換新得很慢。

・從Starbucks裡望向高島屋百貨。

·靠窗的咖啡座，我的獨愛私選位置。

大學時期，我一直以為天母棒球場是永遠不會蓋好了，因為它的「慢動作」簡直令人不能置信，所幸前陣子總算啓用了，算是扳回一城。

不過，這種慢動作，還是有值得欣賞的時候。我最喜歡高島屋商圈的一個地方，就是陽光燦爛的午后時分，坐在高島屋對面的Starbucks Coffee，環型玻璃落地窗裡的高腳椅上喝咖啡。這裡寬廣的視野，會使人的心情變得很舒暢。

我也喜歡在高島屋的超級市場裡慢慢閒逛。由於是日式的百貨公司，附近又有許多日本人居住，因此關於日式的食品，這裡特別豐盛。從餅乾糖果泡麵甜點到生鮮魚肉，以及各式各樣現做的日本料理和定食便當，很能滿足要求精緻的食客。超市外頭有許多小吃攤位，其中的惠比壽鯛魚燒和烤麻糬小丸子（一定要買艾草口味的小丸子），是我每到必吃的東西。

「貝克漢」離開了我慣常在西門町剪髮的店以後，我就開始不固定地流動於美髮沙龍店之間。那天，我坐車經過天母忠誠路，發現誠品忠誠店附近開設了一間新的美髮沙龍。獨棟透天的建築很亮眼，立刻吸引了我的目光。我仔細看了才知道，那是我曾經用過的一個日本

·高島屋「裕毛屋超市」外的美食攤位。

洗髮精品牌Mod's Hair，跨海到台北開設的美髮沙龍分店。基於好奇心，我找了一個機會去那裡染、剪髮。

這間美髮沙龍再次讓我體認到天母「慢動作」的特質。我的頭髮特別難上色，於是洗剪染吹，竟花了將近五個小時才搞定。我走到櫃台時才知道，價錢和時間一樣令人震懾。還好，設計師的功力很不錯，成果也很讓人滿意，於是便覺得「辛苦付出」總是有代價的了。

離開美髮沙龍以後，我走進不遠處的高島屋。離上一次到這裡，大約已是好幾個月以前的事情了。依照慣例，我「巡視」完超市之後，準備去買一串香噴噴的烤麻薯小丸子。可能是因為星期六的緣故吧，百貨公司裡人潮異常得多。我以前在非假日很容易就能得到的小丸子，但今天竟然排了好長的隊伍，卻只能遠遠從黑壓壓的人頭間，忍住口水瞭望著烤架上的它們。

忽然間，一個熟悉的場景頓時重現在我耳邊。我聽見一個女孩的聲音，用高昂的語調說著：「小姐，妳不用這麼兇，好嗎？如果我是老闆，我很願意為妳買十台烤架來烤丸子，可惜我也只是個排隊買麻糬的人而已啊！」

我微笑起來，毋須探看，就知道是誰在隊伍的前面了。

果然是許久不見的Sandy啊。她又在「指正」別人了。我看見一如過往，她的身邊仍

·香噴噴的惠比壽鯛魚燒。

然挽著一個西方男子時，竟然在心底升起一股安心的感覺。雖然，在預料中的，那男人依舊不是個我曾見過的人。我原本打算呼喚她的，但最終還是放棄了。我站在隊伍裡，默默看著Sandy和她的男友，兩個人親暱地挽著手，吃著麻糬轉身離開時，我覺得和她這樣的距離是最美好的了。

因為，我總是可以在這個距離裡，看見別人無法看見的，Sandy的幸福。

・我近來常光顧的髮型沙龍。

我曾希望我和Sandy若能再熟悉一些便能明白的答案，此刻也獲得了某種解釋。我想，在別人眼裡Sandy是個只願意跟外國人交往的女孩，而且經常更換伴侶，但此刻的我卻認為，也許Sandy就是喜歡和外國人交往，那又有什麼錯呢？也許Sandy在愛情裡是個「慢動作」的人，總是在愛了之後才明白，那不是她要的，所以她不願意委屈自己，不放棄任何一次戀愛的機會，不錯過每一次的希望。

每一次，她都是幸福的，這樣不就很好了嗎？

就像此刻，終於輪到我買烤麻糬了。雖然排隊很令人心煩，但每一次最終都能享受到不變的美味的幸福，這樣不就好了嗎？

NET
international
Lee
上百休閒
BOY

12℃的夜店。

【北躍】士林夜市 《《捷運士林站、劍潭站

入夜以後才活起來的所在，總是特別迷人。

倘若走進這個地方，不用拘謹地穿著打扮，可以穿著短褲拖鞋四處遊走，可以大聲嬉笑，可以跟店家討價還價，而且可以不用花費什麼錢，就吃到數不清的美味食物，見識到許多有趣的東西，那麼它簡直就接近於炫奇的地步了。它或許走的不是精緻氣質路線，但一股台灣草根味的在地性格，卻使得這個在白天平凡至極的地方，一入夜，就像被接上電源的靈魂，變得閃亮而充滿生氣。

哪裡有這麼好的事情呢？台北人大約習以為常了，從來不覺得自己其實一直擁有這樣令外國人嘖嘖稱奇的地方。對於許多歐美港日的觀光客來說，這地方就是夜裡的遊樂園，他們總是聞風而來，一輛輛的旅遊巴士直接開到入口，車門一開，觀光客便往裡頭衝去。

這便是令許多人流連忘返的士林夜市。

在過去，捷運尚未開通的年代，想要去一趟士林夜市，對很多住在市區北方以外

・東吳的校園小，姑且就把至善園當作後花園吧。

的人來說，其實不是那麼的方便。一般人大多選擇騎乘機車、開車或搭公車來士林夜市。可是，坐公車路途遙遠，而機車和汽車都很難在擁擠的夜市找到停車位，所以到這兒的便利性就大打折扣。直到捷運通車後，將整個台北的重點地區都連結起來了，士林夜市幾乎就變成隨時可去的好地方。比方說吧，住在中和的我，從前若要到士林夜市，必須轉乘兩班公車，大概要花一個小時以上才能抵達，即使騎乘機車也要40分鐘，可如今坐捷運，20分鐘就能到了。

捷運，使得士林夜市在入夜以後，穿梭著愈來愈多的人潮，有著愈來愈變化多端的攤子，永遠都熱鬧哄哄的，像永不歇息的星空嘉年華。

大吃一頓 士林小吃

雖然捷運通車前，我居住的地方距離士林夜市有些遙遠，但是將近六、七年的時光，我的大學與研究所生活，卻都和士林夜市脫離不了關係。

・故宮的藏寶雖多，但室內展區設計的狹小與呆板令人不敢恭維。

‧陽明戲院前的攤販，無論是雞排或香腸，都喜歡「比大小」。

唸大學時，我和同學們常常騎車到夜市裡解決晚餐，有的時候在學校待得更晚一點，騎車經過夜市時，也會拐進去吃個宵夜。反正關於小吃，士林夜市是永不缺乏的。那些小吃攤和餐館彷彿是聚寶盆似的，取之不竭、用之不盡。每一次，我和同學發現好吃的據點時，便像「發現新大陸」一般的開心。

陽明戲院前販賣士林香腸和雞排的攤子很有名，許多人都愛吃。每次經過那裡，若不察覺還以為排隊買香腸和雞排的人潮，是在等待買電影票的隊伍。可是我一次都沒有嘗試過這兩樣士林的招牌小吃。我猜是自己的幻想在作祟吧，我總覺得過分膨脹的香腸和雞排，好像是DNA突變之下的產物，很不正常。

我情有獨鍾的是戲院附近的豆花店，以及緊鄰在旁的上海煎包。冷熱食物交替入口，據說是相當很傷胃的，但美食當前，哪能顧得了這麼多呢？

吃著吃著，走進了夜市裡面的「大排檔」裡。在同一個屋簷下，從鮮果汁攤、鐵板燒、牛排、炒麵炒飯到藥膳排骨……等等，各式各樣數不清的小吃一應俱全，擁擠的攤位永遠坐滿了難以數計的食客。因為規模龐大，而且食物便宜又好吃，這裡不只吸引了台灣人，外國人也絡繹不絕地造訪。

・上海生煎包的魅力驚人。

我很想知道，一整天下來，整個的士林夜市到底供應了多少食物給人們？走在士林夜市裡，我有時不免覺得人類真是一種有趣的動物。相較於其他物種，人類會努力地將食材烹煮、料理、複雜化，進而「建設」成一樣色香味俱全的糧食，可下一秒鐘，另一批人類就展開「破壞」的活動，把那些食材拆解，全部吞進了胃裡。不是有人說「建設是為了破壞」嗎？在如此的兩造循環之中，一些文明的、異殊的東西才會被萃取和發明出來。

原來，飲食也是這麼的「結構」與「解構」主義啊。

我愛炒飯

那段日子，我和朋友經常會到夜市外圍，文林北路旁某條巷子裡的一間快炒店裡吃晚餐。它正是我們所謂「新大陸」的得意代表作之一。

這間店面找不到店名，掛在店家外牆的招牌寫的僅是「快炒」，只有熟門熟路的顧客才會知道，這間店有名的是各式炒飯和大滷麵。

我是很酷愛炒飯的人，自然對於炒飯的口感很挑剔。自從我發掘這間餐館以後，每次在學校想吃炒飯時，一定就會驅車前來。

這間小

・我愛炒飯。這是我學生時代最常光顧的士林炒飯店。

店所販賣的炒飯，在我看來是以鳳梨炒飯最為稱道的。在快火中出爐的鳳梨炒飯，香噴噴的，混合著炒蛋的味道和水果的芬芳。老闆娘還會配上一匙酥脆的肉鬆，讓口感更入味。

我喜歡看這間店的老闆與老闆娘，覺得他們都是很有特色的人物。老闆的造型永遠是穿著一件汗水淋漓的白色內衣，站在店家入口旁的鍋爐前，奮力地執著一支大鍋鏟賣力炒菜。他通常很沉默，只和鍋子裡的食材進行心靈對話。他的活動程度大約只在一個旋身的範圍裡：當他用鏟子將料理從鍋爐裡撈出來時，轉身放入碗盤，身後的老闆娘便會將飯菜取走，接著他又轉回身繼續快炒下一個餐點。他在這個活動半徑裡揮汗如雨，與店裡吹著冷氣，並滔滔不絕聊天和享用美食的學生們，形成兩個對比的世界。至於老闆娘，則是一個很清秀美麗的女子。她總是盤起長髮，從來不上妝，除了與客人必要的對談外，時常也是沉默的。老闆的沉默讓人覺得是辛苦的緣故，但老闆娘的沉默除了辛苦之外，總還令我感覺她彷彿有什麼心事隱藏在心中。他們的小孩會在下課後，幫忙端菜給客人，可有時看見小孩搖晃過來一碗熱湯，不免感到心驚。

・這裡的店家大約下午一兩點才開始營業，直至深夜？

從大學一路吃到了研究所，我看見老闆娘漸漸發福，也看著小孩長大。

有一天中午，我在研究所校園裡重逢了國中的同學阿俊。

我一直沒有忘記阿俊，他是第一個帶我進PUB裡的人。那年我們都未滿十八歲，因為阿俊認識店長，我們才能混進去。我後來常開玩笑說，他是第一個毀了我「童貞」的人。當時我不會抽菸不會喝酒也不會跳舞，而跟我同年的阿俊卻簡直是在PUB裡出生長大的。他為了「開化」駑鈍的我，在某一天補習過後的週末夜裡，帶我去見識了一番PUB風情。之後，我還是不喜歡去PUB，可是阿俊卻更加瘋迷。我記得他甚至曾告訴我，以後，他一定要開間更屌的PUB。

·夜市的娛樂精神當然不可少。

時值中午，我和阿俊下陽明山以後，介紹他來到這間士林的快炒店吃飯。我告訴了他，我對於老闆和老闆娘這些年來的觀察。

「你光是看，就能看出這麼多心得？」他顯然在質疑我。

「要不然咧？」

「你既然對老闆娘感到好奇，就應該真正投入去了解。說不定你會發現她根本沒有什麼心事，只不過長得就是這樣子罷了，是

·在物品廉價的夜市裡點痔改運，將會是一段高貴的人生嗎？

你多想了。」

「說得你好像很有經驗似的。難道你認識什麼有故事的老闆娘？」

我看著沉默的阿俊眼中閃過奇異的光澤，我知道，他真的是有經驗了。

賣涼鞋的女人

入夜以後，阿俊領我進夜市裡。除了兩旁的店家之外，夜市的路中間也擺了一長條的地攤。我去過許多國家不同的城市，雖然他們有市集、有跳蚤市場、有流動攤位的街市，但是說到底，沒有一個能夠取代有獨特台灣味道的夜市。台灣夜市越夜越美麗，那股「俗夠有力」的精神可是非常生龍活虎的。

台灣的夜市本身就有許多不同的類型。我不很喜歡像是基隆夜市、六合夜市或饒河夜市那樣經過規劃的觀光地方，雖然看似整齊，但每間攤位卻都像是被塞進小格子的整理盒當中，缺乏一種凌亂而吵雜的美感（暴力有美學，混亂當然也可以很美感囉）。

士林夜市看似毫無章法，但正因為如此，沒有經過如百貨公司分門別類的規劃，才能讓逛街的人時時在下一步發現差異的驚喜。地攤的種類包羅萬象，雖然不一定物美但絕對價廉，滿足不想花大錢買名牌的族群。

・士林的地標，外國人從李安的電影「飲食男女」當中認識這棟建築，也瞭解了台灣的美食。

・大餅包小餅。「吃」也十分有政治權力的味道。

地攤或商家的老闆，為了招攬生意，常想出一些出奇制勝的方法。有的是寫出很無厘頭的標語來吸引人注目；有的派出自己的小孩站在店門口，小手拿著價錢招牌向過路人搖晃，頗有一種日劇《無家可歸的小孩》裡「同情我就給我錢」的架式；當然最有效的莫過於老闆親自站上椅子，拿起麥克風像秀場的主持人，大聲叫喊：「來來來，快來看，便宜只有這一攤，錯過這裡買到貴的，小心被人笑話當笨蛋」說的台詞還有押韻呢，說不定是看過王文華的《蛋白質女孩》。

我和阿俊在一個轉角賣甘蔗汁的攤位前停下來。

「你真體貼，知道我渴了。」我說。

「誰理你。我是要你看那裡。」阿俊指著面對甘蔗汁攤子的前方。

我看見一個打扮得非常豔麗的女人，大約30多歲吧，擺著一地賣涼鞋的攤子。鞋子很美，老闆娘很時髦，但總覺得兩者難以連結在一起。

「沒錯，」阿俊聽了我的感覺以後說：「我第一眼看見她的時候，就覺得她很不像會出現在士林夜市裡的老闆娘。她有一股『PUB夜店特質』，像混過PUB許多年的女人。」

・士林夜市另一特色就是藥膳排骨的攤位。

「難怪你會注意她了。」

從前阿俊就喜歡比她大的女孩，再加上這女人有所謂的「PUB夜店特質」，所以我一點都不驚訝阿俊會對她有意思。

阿俊推著我到了那女人的涼鞋攤前。那女人一見到阿俊就開口笑：

「嘿！是你。前天買的那雙鞋，好穿嗎？」

雖然這老闆娘可能長了我們十多歲，可是她的神情卻依然充滿著活力。

阿俊在我的耳邊小聲而雀躍地說：「她記得我耶。」

「是不是還想買其他款式？盡量看喔！」老闆娘對阿俊說。

我看見阿俊忍不住微笑起來說：「嗯，對，我可以再買一雙，不過今天是我的朋友要買，所以才過來看看。」

莫名其妙的，我被拖下水了。看在幫助朋友的份上，我還真買了一雙涼鞋。離開以後，阿俊掏錢給我，說謝謝我這麼配合他。

可是，我把錢退回給他。

・巨大到令我卻步的烤香腸。

「不用啦！我正好也缺涼鞋啦。」我拍拍他的肩膀說：

「不過，你現在總可以告訴我，她有什麼特別的故事了吧？」

阿俊說，雖然他上個星期才跟她買鞋，算是第一次跟她面對面交談，但其實這一個多月以來，他每次逛士林夜市時都會注意到她。首先是被她身上的「PUB夜店特質」給吸引，後來有一晚，阿俊經過她的攤子時，正好看見一個中年男人與她發生爭執，兩人爭吵的聲音引來眾人注意。那男人一直拉著女人，向她吼叫著要她跟他回家，不要在這裡當攤販，女人則不客氣地回應說：「當攤販有什麼不好？我自己賺錢自己花，比跟你在一起好多了！」

「是他男朋友或者先生吧？」我問阿俊。

「不曉得。但肯定是要分手的了。」阿俊緩緩地對我說：

「那晚，我站在喧囂的夜市裡看見這一幕，很震撼。那男人看來絕對可能出手打女人的，但是老闆娘一點也不懼怕。我欣賞這樣的女人。」

阿俊說完以後，我竟然覺得明天也該介紹朋友去買她賣的涼鞋。

這一年冬天，大雨和寒流不斷，到陽明山上課時，衣褲總是被淋得一身濕，當然球鞋也不能倖免。又濕又冷的縮在霧氣重重的研究室裡上課，簡直是種酷刑。後來，我想到穿起兩星期前買來的涼鞋來對抗大雨，隨雨水怎麼浸濕反正也不會更濕了，至少解

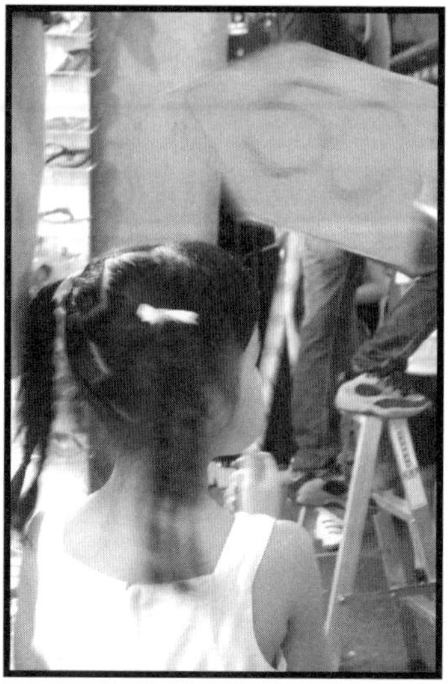

・高舉50元牌子的小妹。連小孩子都披掛上陣了，未免太辛苦。

・站在椅子上叫賣的K歌之王。

決一項苦惱。因為大雨的緣故，每每一到中午，所有的學生都無處可去，只好全擠進餐廳裡。餐廳人滿為患，我在這兒又遇見阿俊。

「你看我穿什麼！」我指著那雙涼鞋。

阿俊看了，臉上寫滿喜悅，但旋即又落寞下來。我問他怎麼了，他吞吞吐吐，好不容易最後才開口：「她先生一直來煩她。」

「原來是她的先生。」我說。

「早該不是了！」阿俊義憤填膺地說：「那男人會打老婆！失業了就自甘墮落不找工作，成天喝酒。涼鞋老闆娘在家庭美容院上班賺錢養他，可是他不知足，酒醉了就回家打人。老闆娘想跟他離婚，可是那男人不肯，她只好逃出來，寄居朋友家，然後在士林夜市擺攤子自力更生。」

阿俊說，男人後來找到她，就經常來士林夜市找她麻煩，害她生意也做不下去。我的腦海裡浮現出涼鞋老闆娘，過去被先生施以暴力的畫面，又想起阿俊曾描述她不畏恐懼，在夜市人群裡與男人對峙的場面，忽然覺得

・室內的集中市場已經拆遷了，這些都是我拍下的歷史畫面。

・香港人和日本人最喜歡這種台灣的夜市攤販景象了。

腳下的涼鞋似乎不是普通的鞋子。它恐怕是一雙會帶給人勇氣，踏出自己生命道路的鞋。

「她恐怕不能一直待在士林夜市了吧？」我問。

「她還想賣鞋。所以，我們只好每天換不同的夜市擺攤子了。」

「我們？」我驚訝地問。

「你以為我怎麼知道她背後的故事？我這兩個星期，每天晚上都會到她的攤子那兒。我也很驚訝她願意告訴我這些事，我想是因為我能給她某種安全感吧。我決定以後也會繼續陪她賣涼鞋，在不同的夜市裡。」

阿俊問我，今晚要不要跟他一起去，因為明天以後，他們暫時就不會在士林夜市賣鞋了。我想了想，說：「好啊，一起幫忙賣鞋吧！我第一次擺地攤喔！」

「我一定得承擔你這麼多的『第一次』嗎？」阿俊笑起來。

我們約好時間，晚上就一起下

・應該列入文化保護的冰淇淋腳踏車。

山去了士林夜市。我們先去那間快炒店裡吃了鳳梨炒飯，阿俊順便買了外賣給涼鞋老闆娘。同樣是老闆娘，可我今天看見快炒店裡安靜的老闆娘卻有了很不一樣的感覺。我在想，一家人多年來能共同經營一間餐廳，雖然勞累，但幸福在沉默之中依然是存在的吧。

雨已經停一會兒了，原本躲雨的攤販漸漸聚攏到路中間來，不過大概因為今晚強烈寒流來襲吧，加上剛剛才下過雨，所以逛夜市的人還是三三兩兩的。

・老闆真的瘋了。

我們走過夜市裡的各式各樣的服飾店面，走過算命舖子，走過打彈珠的遊樂攤位，走過賣蟑螂藥的攤子。最後，終於看見不遠處，在騎樓燈光下的涼鞋老闆娘。遠遠望著她，我忽然開口問身旁的阿俊：「你還想不想開PUB啊？」

「再說囉。如果她對酒反感的話，我就暫時不考慮開PUB了。雖然是這樣，我現在其實已經開始經營起另一種夜店了啊，那就是擺地攤呀！」

我笑起來。「六年級中段班」的阿俊，果然也很有這個世代的風格啊。因為生活不虞匱乏，所以無後顧之憂地去做自己想做的事情。

忽然，我忍不住打了一個噴嚏。建築物上恰好有電子溫度計，顯示現在只有12℃。真冷。雖然這麼冷，涼鞋還是要賣的。

我看見阿俊和涼鞋老闆娘「12℃的夜店」就要開始營業。在我心裡，這個不到一坪的公共空間，無論漂流到哪一個夜市的角落，都將是入夜以後活起來的所在，台北最迷人的地方。

國家圖書館出版品預行編目資料

飛導遊：六年級生與台北城的時空對話/
張維中著.--初版.--臺北市：麥田出版：
城邦文化發行,2003【民92】
面；公分--（張維中作品集;7）
ISBN 986-7782-49-6(平裝)
855 91022678

麥田出版

廣	告	回	郵
北區郵政管理局登記證			
北台字第	10158	號	
免	貼	郵	票

城邦文化事業(股)公司

100 台北市信義路二段213號11樓

請沿虛線摺下裝訂，謝謝！

麥田出版

文學・歷史・人文・軍事・生活

編號：RL6207　　書名：飛導遊

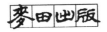

cité 城邦

讀者回函卡

謝謝您購買我們出版的書。請將讀者回函卡填好寄回，我們將不定期寄上城邦集團最新的出版資訊。

姓名：＿＿＿＿＿＿＿＿ 電子信箱：＿＿＿＿＿＿＿＿

聯絡地址：☐☐☐ ＿＿＿＿＿＿＿＿＿＿＿＿＿＿＿＿

＿＿＿＿＿＿＿＿＿＿＿＿＿＿＿＿＿＿＿＿＿＿＿＿

電話：(公) ＿＿＿＿＿＿＿＿ (宅) ＿＿＿＿＿＿＿＿

身分證字號：＿＿＿＿＿＿＿＿＿＿ (此即您的讀者編號)

生日：＿＿年＿＿月＿＿日 性別：☐ 男 ☐ 女

職業：☐ 軍警 ☐公教 ☐ 學生 ☐ 傳播業
☐ 製造業 ☐ 金融業 ☐ 資訊業 ☐ 銷售業
☐ 其他 ＿＿＿＿＿＿

教育程度：☐ 碩士及以上 ☐大學 ☐專科 ☐ 高中
☐ 國中及以下

購買方式：☐ 書店 ☐ 郵購 ☐ 其他 ＿＿＿＿＿＿

喜歡閱讀的種類：☐ 文學 ☐ 商業 ☐ 軍事 ☐ 歷史
☐ 旅遊 ☐ 藝術 ☐ 科學 ☐ 推理 ☐ 傳記
☐ 生活、勵志 ☐ 教育、心理
☐ 其他 ＿＿＿＿＿＿

您從何處得知本書的消息？(可複選)
☐ 書店 ☐ 報章雜誌 ☐ 廣播 ☐ 電視
☐ 書訊 ☐ 親友 ☐ 其他 ＿＿＿＿＿＿

本書優點：☐ 內容符合期待 ☐ 文筆流暢 ☐ 具實用性
(可複選) ☐ 版面、圖片、字體安排適當 ☐ 其他 ＿＿＿＿

本書缺點：☐ 內容不符合期待 ☐ 文筆欠佳 ☐ 內容平平
(可複選) ☐ 觀念保守 ☐ 版面、圖片、字體安排不易閱讀
☐ 價格偏高 ☐ 其他 ＿＿＿＿＿＿

您對我們的建議：

＿＿＿＿＿＿＿＿＿＿＿＿＿＿＿＿＿＿＿＿＿＿＿＿

Samuel

張維中作品集

⑦

① 

501紅標男孩

② 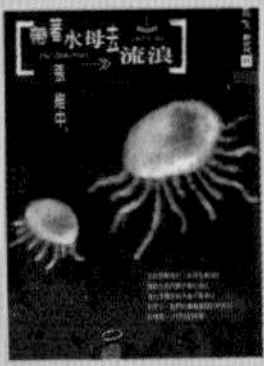

帶著水母去流浪

③ 

台北國際航線

④ 

流光旅途

⑤ 

戀戀真夏

⑥ 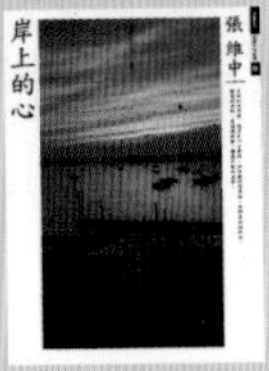

岸上的心

作家經紀

視覺設計・構成／
謝安琪*angel 225@ms31.hinet.net

《飛導遊》是張維中的都會散文，記載他在台北所聽、所聞、所遇見的台北人的故事，並搭配攝影照片展現他私密的城市空間。本書的「經線」是以張維中最常出沒的捷運動線為背景，其間發生許多特別的人與事，就是構成本書的「緯線」。

書中記載了西門町裡擺盪在愛與夢想之間的滑板少年「貝克漢」；永康街裡怎麼也吃不胖的「湯包女皇」；士林夜市裡遭受婚姻暴力的地攤老闆娘等故事，他們是張維中的朋友也是台北的流動風景。

張維中相信每個人或許因為所處的環境而孕育出獨有的個性，或許因為天生的性格而自然地被放置或被吸引在某個環境裡，無論如何，生命經歷都已經跟城市建構出了一種不可替代的「對話」，一種脣齒相依的親密互動性。

ISBN 986-7782-49-6
00220
9789867782496
RL6207
售價：220元
cité 城邦
麥田出版